KB114681

조돈형 新무협 판타지 소설
FANTASTIC ORIENTAL HEROES

장강삼협 3

조돈형 新무협 판타지 소설

초판 1쇄 찍은 날 § 2011년 9월 27일
초판 1쇄 펴낸 날 § 2011년 9월 30일

지은이 § 조돈형
펴낸이 § 서경석

편집부장 § 권태완
편집책임 § 유경화

펴낸곳 § 도서출판 청어람
등록번호 § 제1081-1-89호
등록일자 § 1999. 5. 31
어람번호 § 제2-2152호

주소 § 경기도 부천시 원미구 심곡2동 163-2 서경B/D 3F (우) 420-822
전화 § 032-656-4452 팩스 § 032-656-4453
http://www.chungeoram.com
E-mail § chungeoram@chungeoram.com

ISBN 978-89-251-2627-2 04810
ISBN 978-89-251-2574-9 (세트)

조동형 新무협 판타지 소설

3

장강삼협

長江三峽

巫山三峽

FANTASTIC ORIENTAL HEROES

청람

第十九章
상승채(上昇寨)

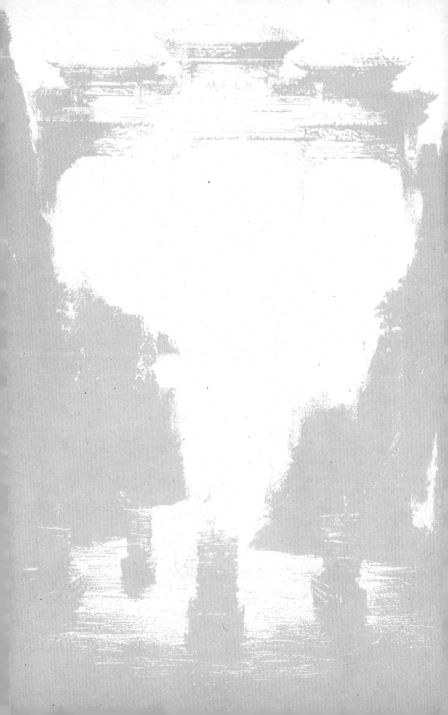

무협십이봉 중 하나인 상승봉(上昇峰)의 서쪽 능선 자락엔 지난 삼 년 동안 벌어진 내분으로 인해 서능협과 무협에서의 영향력을 거의 상실한 일심맹에 여전히 충성을 바치는 상승채가 자리하고 있었다.

　붉은 노을이 서산마루에 걸려 장관을 이루는 늦은 오후, 상주하는 수적들의 수만 대략 백오십여 명으로 무협에서 가장 규모가 큰 상승채의 채주 노적삼(魯積森)은 지금 심각한 고민에 싸여 있었다.

　그의 소집령에 급히 달려온 부채주와 상승채의 핵심 간부들의 표정 또한 가히 좋지 않았다.

그들 모두의 시선이 노적삼 앞에 놓인 첩지에 쏠려 있었다.

승천하는 황룡이 칼을 입에 물고 있는 형상이 생동감있게 그려진 것은 다름 아닌 황룡첩이었다.

"어찌하실려구요?"

부채주 노검(魯劍)이 물었다.

노적삼의 삼자인 노검은 이제 겨우 스무 살에 불과한 나이였지만 두 형을 물리치고 부채주 자리를 꿰찰 정도로 실력과 강단을 갖춘 인물이었다. 특히나 어릴 적부터 조부에게 가르침을 받은 검법은 단연 발군이었다.

"아직 모르겠다. 결정하기가 애매해."

한숨을 내쉰 노적삼이 수뇌들을 보며 물었다.

"어쩌는 게 좋을까?"

노검이 그 즉시 대답했다.

"당연히 응해야지요. 황룡첩을 무시하면 적의 보복도 보복이지만 주변 수채들의 비웃음을 사게 됩니다."

노검에게 부채주 자리를 빼앗긴 장자 노방(魯尨)이 코웃음을 치며 반박했다.

"그게 뭐 대단한 거라고 비웃음을 사. 오히려 수채의 명운을 단 한 번의 비무 따위에 맡기는 것이 우스운 거지. 무시해야 합니다. 이만한 힘을 가지고 굳이 모험을 할 필요 뭐 있습니까? 더구나 우리 뒤에는 일심맹이 버티고 있는데."

"큰형은 저들의 소문도 듣지 못했어? 이미 비응채(飛鷹寨)

와 등룡채(登龍寨)가 놈들에게 무릎을 꿇었다고."

노검의 말에 노방 곁에 있던 노상(魯叅)이 새우 눈을 더욱 가늘게 뜨며 소리쳤다.

"시끄럽다. 우리 상승채를 고작 비응채와 등룡채 따위와 비교해? 그놈들이 함께 작당하여 덤벼도 능히 감당할 수 있는 게 우리 상승채다."

"현실을 직시해, 둘째 형. 어쨌건 황룡첩을 인정한 비응채는 살아남았고 부정한 등룡채는 초토화가 됐어. 중요한 것은 비응채나 등룡채가 아니라 우리가 놈들을 감당할 수 있느냐야."

"약하면? 우리가 죽을힘을 다해 지켜낸 상승채를 아무런 저항도 없이 놈들에게 바치란 말이야? 그게 말이 된다고 보냐?"

노검의 말을 일축한 노방이 노적삼에게 고개를 돌려 보다 강한 어조로 말했다.

"다시 한 번 말씀드리지만 무시해야 합니다. 막내의 말대로 우리가 놈들보다 약하다고 해도 우리에겐 힘을 빌려줄 일심맹이 있습니다. 반나절도 되지 않아 달려와 줄 조력자가 있단 말입니다."

"하지만 저들이 우리에게 준 시간은 한 시진뿐이다."

노적삼이 고심에 찬 표정으로 말했다.

"시간이야 끌면 됩니다."

"어떻게?"

노방이 결연한 표정으로 대답했다.

"제가 놈들에게 다녀오겠습니다."

"네가?"

"예. 제가 놈들과 단판을 짓도록 하지요. 그사이 전서구를 띄워 일심맹에 도움을 청한다면 오히려 놈들을 박살 낼 수 있을 겁니다."

"흠."

짧은 침음성을 내뱉은 노적삼의 시선이 노검에게 향했다. 노검은 강하게 고개를 흔들었지만 상승채를 포기하고 싶지 않았던 노적삼은 노방의 제안을 뿌리치지 못했다.

"너에게 이번 일을 맡기도록 하겠다. 책임지고 시간을 끌어보거라. 천궁(千弓)."

"예, 채주."

"당장 일심맹에 전서구를 띄워라. 와호채가 우리를 노린다고 말이다."

"알겠습니다."

천궁이라 불린 사내가 황급히 뛰어나가는 것을 보며 노방의 입가엔 회심의 미소가 흘렀다.

이번 일만 무사히 넘어간다면 노검에게 빼앗긴 부채주 자리를 다시 찾을 수 있으리라!

'반드시 그리한다.'

노검을 바라보는 노방의 눈에선 한기가 느껴졌다.

*   *   *

'크군. 이건 무슨 곰도 아니고.'

그것이 노방이 호피무늬 가면으로 코 위를 가린 유대웅을
본 첫 느낌이었다.

노방은 자신보다 머리 하나는 더 커 보이는 유대웅의 덩치
와 뼛속까지 꿰뚫어 보는 듯한 날카로운 눈빛에 긴장감을 감
추지 못했다.

식은땀과 함께 엉거주춤 서 있는 노방의 모습에 누군가가
말했다.

"이거야 원. 비루먹은 개새끼도 아니고. 어이, 너무 걱정하
지 말라고. 우리가 조금 거칠기는 해도 전령을 건드리는 사람
은 아니니까."

노방은 자신도 모르게 고개를 끄덕이며 사내를 향해 머리
를 조아렸다.

그 모습에 쓴웃음을 지은 유대웅이 물었다.

"황룡첩에 대한 대답을 가지고 온 건가?"

"예? 아 예. 그, 그렇습니다."

연신 머리를 조아리는 노방에게선 자신에게 모든 것을 맡
겨달라던 당찬 모습은 이미 사라지고 없었다.

"상승채의 대답은 뭐지?"

"사, 상승채의 채주님께선 황룡첩을 인정하시며 도전을 받아들이신다고 하셨습니다."

"도… 전?"

유대웅의 검미가 꿈틀거리자 순간적으로 자라목이 된 노방이 대답할 말을 찾지 못하고 우물쭈물거리자 유대웅이 인상을 풀고 말을 이었다.

"뭐, 도전은 도전이군. 시간은?"

그제야 한숨 돌린 노방이 애써 의연한 태도를 유지하며 대답했다.

"내일 오전 중으로 했으면 합니다."

"오전이라."

"예. 채주님과 수뇌진들이 황룡첩을 받아들이기는 하였지만 수채의 식구들에겐 아직 제대로 알리지 않은 상태입니다. 더구나 상당한 인원이 외유 중인지라…….."

"결정은 했지만 아직 의견이 하나로 모인 것은 아니다?"

"그렇습니다."

유대웅이 피식 웃음을 터뜨렸다.

"상승채가 언제부터 그리 평등한 수채가 됐을까나."

"아, 아무래도 상승채의 명운이 걸린지라… 더구나 그 비무에 모든 이들의 거취가 결정되기 때문에… 제가 알기론 거취 문제는 각자의 선택에 맡긴다고…….."

노방은 말을 더듬거리면서도 해야 할 말은 빠뜨리지 않았다.

　"좋다. 원하는 대로 해주지. 비무는 내일 오전. 장소는 그쪽에서 적당한 곳을 찾아 다시 통보해라."

　"알겠습니다."

　짧은 대답과 함께 노방이 안도의 한숨을 내쉴 때였다.

　"한데 딴생각이 있는 것은 아니겠지? 시간을 끌면서 다른 곳에 도움을 청한다거나 아니면 함정을 파고 기습 공격을 감행하거나 하는 식으로 말이야."

　"그, 그럴 리가요. 절대 그런 일은 없습니다."

　노방은 스스로 너무도 의연히 대처했다고 생각했으나 그의 표정이 얼마나 굳어 있는지 다들 실소를 금치 못할 지경이었다. 단지 모른 척할 뿐이었다.

　"물론 그래야겠지. 미치지 않고서야 어떻게 그런 생각을 하겠어. 안 그래?"

　"마, 맞습니다."

　노방의 대답에 활짝 웃은 유대웅이 그의 어깨에 손을 얹은 뒤 수하들에게 명을 내렸다.

　"터럭 하나 건드리지 말고 곱게 데려다 줘. 전령도 조심해서 가고. 내일 보자고."

　"가, 감사합니다."

　노방이 깊숙이 허리를 꺾었다.

수하들에게 둘러싸여 배에서 내리는 노방의 뒷모습을 물끄러미 바라보던 유대웅이 입을 열었다.

"어때?"

그의 뒤에 시립하고 있던 장청이 앞으로 나섰다.

"예상했던 대로입니다."

장청의 손에는 죽은 전서구 한 마리가 들려 있었다.

"상승채에서 날려 보낸 것입니다."

"일심맹 쪽으로 보낸 거겠지?"

"예. 날이 밝기 전, 양쪽에서 합공을 하자는 의견을 냈더군요."

유대웅은 장청이 건넨 서찰을 대충 읽어보고는 코웃음을 쳤다.

"황룡첩을 받아들이는 척하고 시간을 끈 다음 뒤통수를 치겠다? 너무 전형적인 수법 아니야? 난 좀 더 참신한 계략을 기대했는데 말이야."

"저들로선 그게 최선이니까요."

"뭐, 그럴 수도."

건성으로 고개를 끄덕이던 유대웅의 눈빛이 변하는 건 찰나였다.

"대응은?"

"호의를 악의로 갚은 이상 당연히 응징을 해야겠지요. 그것도 철저하게."

"계획은 세워져 있겠지?"

유대웅의 물음에 장청이 상승채 주변 산세를 그린 지도 하나를 펼쳤다.

"상승채는 생각보다 공략하기가 까다로운 지형에 위치해 있습니다. 남쪽은 절벽이, 물길과 접해 있는 서쪽과 북쪽은 시야가 확 트여 있어 접근을 하기가 용이하지 않습니다. 상대적으로 동쪽이 수월한데 물론 빽빽한 수림을 뚫어야 합니다."

"적들도 그 정도는 예상하고 있을 터. 설마 동쪽 숲을 뚫자는 말이야?"

"아닙니다. 굳이 경계가 삼엄한 곳을 칠 필요는 없지요. 공격로는 바로 이곳입니다."

장청이 가리킨 곳은 상승채가 위치한 상승봉의 남사면, 즉 절벽을 통하는 길이었다.

유대웅의 입가에 미소가 지어졌다.

"고생 좀 하겠군."

"이 또한 수련의 연장선이라 보시면 됩니다."

장청은 전혀 대수롭지 않다는 표정으로 대답했다.

"쯧쯧, 수하들이 들으면 이를 박박 갈 소리건만. 너무 태연하게 말하는 거 아냐?"

"이 정도도 해내지 못하면 지난 삼 년간을 헛되이 보낸 거지요. 만약 그리되면 생사림(生死林)에 계신 분들께 단단히 따질 생각입니다."

"크. 지독한 녀석."

장청의 대답에 유대웅은 질렸다는 듯 고개를 흔들고 말았다. 그리곤 그와 같은 표정을 짓고 있는 조건을 향해 말했다.

"언제나와 같이 선봉은 백호대야. 하지만 잘 들었지? 제대로 해내지 못하면 군사는 생사람을 뒤흔들 생각이다. 그 뒷감당은……."

유대웅은 차마 말을 하지 못하겠다는 듯 입을 다물었다.

"그, 그럴 일은 결코 없을 겁니다."

조건이 단호한, 그러나 조금은 떨리는 눈빛으로 대답했다. 또다시 지옥을 경험하고 싶은 생각은 눈곱만큼도 없었다.

"아, 참고로 상승채의 채주는 건드리지 마. 그는 내 상대야."

"알겠습니다."

"공격은 언제 시작하지, 군사?"

"채주님의 명이 떨어지면 그 순간이 시작입니다."

"그럼 바로 시작하자고. 백호대."

"예, 채주."

"놈들이 우리의 뒤통수를 치려고 했으니 우리도 그에 대한 답례를 해줘야지. 마음껏 휘저어봐."

"존명!"

짧게 명을 받는 조건의 눈빛은 투기로 활활 타오르고 있었다.

투투투툭.

"크으."

맨 후미에서 절벽을 오르던 백호대 부대주 뇌초의 얼굴이 일그러졌다. 그의 이마를 호두알만 한 돌멩이 하나가 후려쳤기 때문이었다.

그나마 얼마 되지 않은 거리에서 굴러떨어졌기에 망정이지 더 위쪽에서 떨어져 내린 돌멩이였다면 이마가 찢어지는 정도로 끝나지는 않았을 것이다.

"죄, 죄송합니다."

뇌초와 이 장여 떨어진 곳에서 절벽을 오르던 수하 하나가 어쩔 줄을 몰라 하며 말했다.

순간, 뇌초의 눈에서 불똥이 튀었다.

"아가리 닥쳐. 침묵인 거 몰라."

바로 옆에 있는 사람도 듣기 힘들 정도의 작은 목소리였으나 그의 표정, 입모양을 확인한 수하는 낯빛이 하얗게 질려버렸다. 자신이 어떤 실수를 한 것인지 알아차린 것이다.

그만이 아니었다.

주변에서 뇌초를 살피던 그의 동료 또한 낭패한 표정이었다.

개인의 잘못은 결코 개인으로 끝나지 않았다.

연대책임.

그들이 백호대의 일원이 된 이상 벗어날 길이 없는 원칙이었다.

뇌초는 눈짓으로 수하들의 행동을 독려했다.

잠깐 동안 시간을 지체했지만 조건이 이끌고 있는 선두와 꽤나 많은 격차가 벌어진 상태였다.

조건 이하, 단 한 명의 이탈자도 없이 백호대 전원이 상승봉의 남쪽 절벽을 오르는 데 성공한 것은 절벽을 오르기 시작한 지 정확히 반 시진이 지난 후였다.

"다 오른 건가?"

"예. 전원 무사합니다."

조건의 물음에 뇌초가 자신의 이마에 돌멩이를 떨어뜨린 수하의 어깨를 꽉 잡아 누르며 대답했다.

"이마는 왜 그래?"

"별거 아닙니다."

뇌초가 볼을 타고 흐르는 피를 대충 닦아냈고 조건도 그다지 신경 쓰는 모습은 아니었다.

"잠시 휴식을 취하고, 일각 후 공격하도록 하지. 부대주는 우리가 무사히 도착했음을 알리고."

"알겠습니다."

대답을 한 뇌초가 방금 오른 절벽을 향해 납작 엎드렸다. 그리곤 부싯돌 하나를 꺼내 들었다.

탁탁.

손에 든 부싯돌에서 불꽃이 튀고 잠시 후, 절벽 아래에서도 불꽃이 나타났다 사라졌다.

불꽃을 확인한 뇌초가 몸을 일으켜 조건에게 향했다.

"연락했습니다."

고개를 끄덕인 조건이 이미 그의 주변에 모인 세 명의 조장들에게 손짓했다.

"우리가 기습 공격을 통해 놈들의 배후를 치면 채주님께서 정면으로 들이닥치실 거다."

"채주께서 나서실 것도 없이 우리끼리 끝내 버리죠."

삼조장 등솔(橙率)이 걸걸한 음성으로 말했다.

"삼조장 말이 맞습니다. 놈들 숫자가 많기는 해도 별문제 될 것은 없습니다."

사조장 오충(吳充)이 맞장구를 치며 손가락을 꺾었다.

"헛소리는 그만하고. 이번에 우리가 맡은 임무는 배후에서 놈들의 혼을 쏙 빼놓는 것임을 명심해."

불만에 찬 조장들을 살핀 조건이 피식 웃음을 터뜨렸다.

끝 간 데 없는 그들의 자신감이 어디서 시작된 것인지 너무도 잘 알고 있기 때문이었다.

'그럴 만도 하지.'

생사림이라 명명할 정도로 끔찍한 와호채의 훈련장에서 버텨낸 삼 년은 일개 수적에 불과했던 이들을 여느 문파의 정예들 못지않게 변모시켰고 그들은 새롭게 얻은 힘을 시험하지 못해 안달을 하고 있었다.

"그렇다고 너무 얌전 떨 것은 없다. 그저 놀러 온 것은 아니니까."

조건은 조장들의 얼굴에서 화색이 도는 것을 확인하며 말을 이었다.

"상승채의 지형은 다들 숙지했지?"

"예, 대주."

"좋아. 그럼 시작해 볼까?"

바위에 앉았던 조건이 벌떡 일어났다.

그와 동시에 최대한 편한 자세로 휴식을 취하고 있던 백호대원들도 일제히 자세를 바로잡았다.

"지금부터 우리 백호대가 어떤 곳인지 놈들에게 확실하게 알려주도록 하자."

입을 여는 사람은 없었다. 그저 손에 든 병장기를 툭 건드리는 것으로 화답을 할 뿐이었다.

"시작한 모양이군."

강변에 상륙한 뒤, 은밀히 자신들을 감시하던 수적 여섯을 간단히 제압한 유대웅은 백호대가 생각보다 빨리 공격을 시작한 것을 확인했음에도 그다지 서두르는 기색이 없었다.

상승채의 수적들에 비해 백호대가 수적으로 훨씬 불리했

지만 안전을 걱정할 정도로 백호대는 약하지 않았다.

그건 그들을 조련했던 생사림의 무사부들보다 오로지 실전만이 최선이라는 화산파 어르신들의 철칙대로 그들과 매일같이 강도 높은 비무를 해온 그 자신이 더 잘 알고 있었다.

하지만 군사인 장청의 입장은 그러지 못했다.

"조금 서둘러야겠습니다."

상승봉에 시선을 고정시킨 유대웅이 말했다.

"서둘긴 뭘 서둘러. 믿어봐. 상승채 정도라면 백호대만으로 끝장을 낼 수 있을 테니까."

"피해가 클까 그런 겁니다."

장청이 조금은 짜증나는 어투로 말을 하자 유대웅이 겸연쩍은 웃음을 흘렸다.

"알았으니까 성질 좀 내지 마라. 내가 명색이 채주인데 툭하면 소리나 지르고."

"제가 언제……."

장청이 억울하다는 표정으로 입을 열자 유대웅이 재빨리 말을 끊었다.

"그런데 군사도 갈 거냐? 길이 제법 험하던데."

"여기서 대기하겠습니다. 대신……."

장청이 고개를 돌리자 어딘지 모르게 장청과 비슷한 느낌을 주는, 이제 겨우 소년티를 벗은 듯한 청년이 종종걸음으로 달려왔다.

"이 친구를 데려가십시오. 이번 기회에 경험이나 좀 쌓았으면 합니다. 잘할 수 있겠지?"

"예, 군사."

얼마 전 새롭게 운밀각에 합류한 사도초(司到超)가 여린 모습과는 어울리지 않는 다부진 목소리로 대답했다.

"행여나 칼부림나는 데 끼어 있지 말고 후미에서 잘 관찰만 해. 그리고 임무 잊지 말고."

"명심하겠습니다."

"임무라니?"

둘의 대화를 가만히 듣던 유대웅이 고개를 갸웃거리자 장청이 살짝 한숨을 내쉬며 말했다.

"어젯밤에 말씀드렸잖아요. 상승채에서 끌어와야 하는 인재들이 몇 있다고."

"아! 맞아. 그랬지."

유대웅이 손바닥으로 머리를 툭 쳤다.

"사도초에게 그 일을 관장토록 하였습니다."

"그렇군. 한데 백호대주에게도 얘기했던가?"

"말하지 않았습니다."

"왜? 혹여 백호대에게 해라도 당하면 어쩌려고?"

"그들의 운명이 거기까지라고 보면 되겠지요. 그리고 백호대의 손에서 살아남았다면 그들의 실력이 확실히 입증되어 좋은 일이고요."

너무도 무심히 말하는 장청의 모습을 보며 유대웅이 미간을 살짝 찌푸렸다.

　"너는 말이다, 다 좋은데 너무 냉정해. 특히 적에겐."

　"……."

　"때로는 아량도 필요한 법이야."

　"예."

　장청이 조용히 대답은 했지만 유대웅은 그가 자신의 말에 승복하지 않았다는 것을 느낄 수 있었다.

　"사도초라고 했던가?"

　"예, 채주."

　"생사림에서 훈련받았지?"

　"예."

　"그럼 걱정할 것 없겠네. 자칫하면 목숨이 날아가기는 해도 거기보다는 열 배는 더 편한 싸움이 될 테니까. 동료들을 믿어봐."

　"믿고 있습니다."

　사도초의 당찬 모습이 처음부터 마음에 들었던 유대웅이 그의 머리를 쓰다듬었다.

　"그럼 가자."

　유대웅이 사도초를 거의 끌다시피 하며 상승채로 향하자 그의 뒤로 호천단이 따라붙었다.

　장청은 어둠 속으로 사라지는 유대웅과 호천단을 보며 조용히 읊조렸다.

"아량은 그만한 힘을 지니고 있을 때 베풀 수 있는 겁니다. 하나, 와호채는 아직 아니지요. 어설피 베푼 아량은 아군의 피해로 돌아올 터. 아군을 위해서라면 소제는 지금보다 열 배, 백 배는 더 냉정하고 냉혹해질 수 있습니다, 형님."

"멍청한 놈들!"

조건의 음성이 거칠어졌다.

지금껏 그와 같은 모습을 본 적이 없던 백호대원들의 표정이 딱딱하게 굳었다. 아울러 그가 어째서 그토록 분노하고 있는지 안다는 듯 입술을 꽉 깨물었다.

"저놈 누구냐?"

조건이 차갑게 가라앉은 눈으로 물었다.

아무도 대답하지 못했다.

"어린놈 같은데 실력이 장난이 아닙니다."

자신이 맡은 구역을 완벽하게 제압하고 달려온 뇌초가 놀란 눈을 치켜뜨며 말했다.

"그러게. 벌써 세 놈이나 당했어."

그제야 싸움이 벌어지고 있는 곳 근처에 쓰러져 있는 백호대원들을 확인한 뇌초가 깜짝 놀라 되물었다.

"죽은 겁니까?"

"모르지. 나도 이제야 왔으니까."

"빨리 움직여야겠습니다. 늦으면…….."

피가 나도록 입술을 꽉 깨무는 조건을 보며 뇌초는 차마 말을 잇지 못했다.

"제가 가지요."

뇌초가 피 묻은 칼을 움켜쥐며 말했다.

"아니, 내가 간다."

순간, 뇌초의 몸이 움찔했다.

조건은 수하들이 나선다고 하면 가급적 말리지 않았다. 이는 한 번이라도 더 실전을 경험할 수 있도록 하기 위한 배려였는데, 그가 말릴 때는 오직 적이 수하들이 감당하지 못할 정도로 강할 때뿐이었다.

"그 정도입니까?"

"네가 질 거란 생각은 하지 않는다. 다만 쉽게 승부가 나지 않으리란 것은 확실하다. 지금은 그럴 여유가 없어."

조건은 승부욕으로 활활 타오르는 뇌초의 얼굴을 외면하고 수하들을 유린한 적을 향해 걸음을 옮겼다.

'마지막.'

제법 강하게 저항했지만 실초와 허초를 구별하지 못하고 쓰러진 적의 목을 베려던 노검은 갑작스레 밀려든 살기에 검을 움직이지 못했다.

천천히 몸을 돌리는 노검의 눈에 전장을 가르며 다가오는 조건의 모습이 들어왔다.

'강자다.'

공격을 당한 것도 아니고 본격적으로 손속을 나눈 것도 아니었지만 노검은 조건의 전신에서 뿜어져 나오는 기세에 솜털까지 곤두서는 느낌을 받았다.

"대단한 실력이다."

"……."

"솔직히 이런 전개는 상상도 하지 못했는데 말이야. 상승채에 너 같은 인물이 있을 줄은 몰랐다."

"상승채를 얕보지 마라."

노검이 긴장된 표정과 자세를 풀지 못하고 소리쳤다.

"당연하다. 이런 꼴을 당하고서 어찌 얕볼 수가 있을까."

조건이 검을 고쳐 잡았다.

"나는 와호채 백호대주 조건이다."

노검도 신중히 자세를 잡으며 말했다.

"상승채의 부채주 노검이다."

"노검?"

노검이 어린 나이임에도 형들을 밀어내고 상승채의 부채주 지위를 거머쥔 인물이라는 것을 기억한 조건이 새삼스런 눈길로 노검을 바라보았다.

"군사께서 말씀하시길 상승채에 인물이 있다면 삼남 노검이라 했다. 한 귀로 듣고 흘렸는데 솔직히 실수를 인정하지 않을 수 없군."

　상대에게 칭찬을 받는다는 것은 그만큼 위험한 적으로 간주되었다는 것. 노검은 아무런 대꾸도 하지 않고 더욱더 신중한 자세로 조건의 움직임을 살폈다.

　"오라."

　조건이 칼끝을 까딱이며 말했다.

　노검은 거절하지 않았다.

　어찌 보면 자신을 무시하는 처사란 생각도 할 만했지만 애당초 자존심 따위를 논할 상대가 아니었다.

　노검의 검이 조금은 기이한 궤적을 그리며 조건의 허리께로 짓쳐들었다.

　생각보다 기괴한 공격에도 조건은 당황하지 않았다.

　왼쪽 발을 축으로 한 바퀴 돌아 칼을 피한 뒤 그 원심력을 이용하여 칼을 뻗었다.

　쐐애액!

　날카로운 바람 소리와 함께 칼끝이 밀려들고 노검은 빗나간 검을 재빨리 회수하며 이에 맞섰다.

　서로의 무기가 부딪치며 불꽃을 만드는 순간, 조건의 손목이 살짝 흔들리자 그의 칼이 미끄러지듯 방향을 바꾸며 노검의 허벅지를 베어갔다.

　깜짝 놀라 허리를 틀며 피하는 노검.

　기다렸다는 듯 뒤따른 발길질에 옆구리를 채인 노검이 외마디 비명과 함께 바닥을 굴렀다.

천만다행으로 팔뚝을 옆구리에 붙여 치명상을 면하기는 했지만 뼈마디가 욱신하는 것이 갈비뼈 몇 개가 부러진 것은 확실했다.

'제길.'

반응이 조금만 늦었으면 단순히 뼈마디 몇 개 부러지는 것으로 끝나지 않았을 정도로 위험천만한 순간이었다.

목숨을 건졌다는 안도감보다는 화가 치솟았다.

방금 전의 공방에서 발길질을 허용한 것은 상대가 판 함정에 빠져 제대로 대응을 못한 것이 결정적이기 때문이었다.

노검이 피가 나도록 이를 악물었다.

몸 상태를 감안했을 때 시간은 결코 그의 편이 아니었다.

노검이 짧은 기합성과 함께 힘찬 도약을 했다.

단번에 삼 장여를 좁힌 노검이 검을 휘둘렀다.

날카로운 파공성과 함께 맹렬히 내리꽂히는 검을 보며 조건은 굳이 부딪칠 필요를 느끼지 못했다.

정면으로 맞선다 해도 제압을 하지 못할 것은 아니었지만 상처 입은 짐승처럼 위험한 것은 없는 법. 조심을 한다고 해서 나쁠 것은 없었다.

조건이 칼을 좌우로 휘두르며 슬쩍 뒤로 물러날 때, 착지한 노검이 용수철이 튕기듯이 엄청난 속도로 쇄도해 들어왔다.

여유롭던 조건의 낯빛이 확 바뀌었다.

노검이 휘두르는 검이 지면과 수평으로 날아들며 조건의 아랫배를 노렸다.

조건은 그 즉시 천근추의 수법을 사용하여 두 발을 지면에 단단히 고정시키고 허리를 뒤로 꺾었다.

회수한 칼은 상체 위에 올렸다.

행여나 방향을 바꾼 검이 위에서 내려칠 때를 대비한 자세였다.

조건의 상체가 바닥에 닿을 정도로 휘어졌고 노검의 검이 그의 콧잔등을 살짝 스치며 지나갔다.

무사히 공격을 피해낸 조건이 몸을 일으킬 때 그를 지나쳤던 노검의 검이 방향을 바꾸며 그의 후미를 노렸다.

노검의 입가에 회심의 미소가 지어졌다.

조건이 몸을 움직일 여력이 없다고 판단한 것이다.

한데 바로 그 순간, 조건의 몸이 갑자기 흔들렸다. 그리곤 그의 신형이 꺼지듯 사라졌다.

"헛!"

노검의 입에서 다급한 신음성이 터져 나왔다.

조건의 움직임을 놓친 노검이 당황하여 어찌할 바를 몰라 할 때 그의 뒤에서 나직한 음성이 들려왔다.

"아직 경험이 부족하군."

거의 동시에 몸을 돌린 노검이 검을 휘둘렀지만 조건은 너무도 쉽게 그의 검을 막아냈다.

그 충격이 팔과 어깨를 통해 부러진 옆구리를 뒤흔들었다.

"끝내도록 하지."

노검의 공격을 무력화시킨 조건이 칼을 휘둘렀다.

막으려고 몇 번을 노력했지만 그때마다 충격만 쌓일 뿐이었다.

그다지 빠른 공격도 아니었지만 어찌 된 일인지 칼끝을 벗어날 수가 없었다.

"윽!"

노검의 입에서 고통의 신음이 터져 나오고 호응하듯 그의 어깻죽지에서 피가 튀어 올랐다.

참기 힘든 고통이 밀려들었지만 머뭇거릴 여유 따위는 없었다.

적의 공격은 이제 겨우 시작이었다.

'젠장.'

노검의 얼굴이 참담하게 일그러졌다.

"크아아악!"

노적삼의 육중한 몸이 핏줄기를 뿜어내며 삼 장이나 날아가 처박혔다.

유대웅은 힘들게 몸을 일으키는 노적삼을 보며 한숨을 내뱉었다.

"이런 실력으로 지금까지 용케도 버텼군."

다른 어떤 곳보다 강자존의 법칙이 작용하는 곳이 바로 수적들의 세계였고 상승채는 삼협의 물길에서도 나름 전통이 있는 수채였다.

한데 그런 상승채주의 무공이 생각보다 너무도 형편없자 유대웅은 실망감을 감추지 못했다.

노적삼은 수치심에 부르르 떨었다.

하나, 자신이 알고 있는 최강의 무공을 펼쳤지만 십 초를 버티는 것이 고작이었던 그로선 뭐라 할 말이 없었다.

"이놈! 상승채를 모욕하지 마라."

전대 채주 때부터 상승채를 지켜왔던 두 명의 원로가 노적삼 앞을 가로막으며 소리쳤지만 그들의 외침 또한 아무런 의미도 없었다.

유대웅이 노적삼과 싸우기 전, 이미 그들을 항거불능의 상태로 만들어 버린 것이다.

두 원로의 합공을 깨는 데 걸린 시간이 고작 반 각에 불과했으니 상승채 전력의 절반이라는 두 원로가 쓰러진 이후, 유대웅의 발걸음을 막을 수 있는 사람은 아무도 없었다.

"모욕? 영감들, 모욕이란 말 함부로 들먹이지 마. 상승채엔 모욕당할 만한 명예 따위는 없으니까."

"그러면 이따위 비겁한 짓을 일삼는 와호채에는 명예가 있다는 말이냐!"

두 원로 뒤에 숨어 있던 노방이 이를 부득 갈며 소리쳤다.

"비겁?"

유대웅이 피식 웃으며 되물었다.

"아니냐? 우리는 황룡첩을 받아들였고 네놈들과 당당히 맞서겠다고 선언했다! 대결은 분명히 내일 오전이었다!"

유대웅이 아무런 대꾸도 없이 노려보자 노방의 음성이 더욱 커졌다.

"이렇게 기습 공격을 하려고 우리에게 장소를 정하라는 선심을 쓴 것이냐? 그러면서 명예를 운운하다니! 부끄러운 줄 알아야지!"

"못 들어주겠군."

유대웅이 귀를 후비며 뒤쪽으로 손을 뻗자 그의 손에 축 늘어진 전서구가 전해졌다.

"옜다."

유대웅이 던진 전서구를 얼떨결에 받아 든 노방이 멍한 표정을 짓자 유대웅이 짜증난다는 어투로 말했다.

"쯧쯧, 이해를 하지 못하는 모양이군. 대체 뭔 생각으로 사는 건지. 이것까지 줘야 하나?"

유대웅이 전서구에 달렸던, 상승채가 일심맹에 도움을 요청했던 서찰을 흔들었다.

그제야 자신이 들고 있는 전서구가 일심맹으로 날려 보냈던 것임을 확인한 노방이 소스라치게 놀라며 전서구를 떨어뜨렸다.

"이제야 기억이 나는가 보군. 자, 그럼 이제 말해봐. 비겁이, 기습 공격이 어째?"

"……."

노방은 감히 대꾸를 하지 못하고 몸을 덜덜 떨었다.

"너흰 우리를 기만했다. 그것이 황룡첩에 대한 선택이라면 그만한 대가를 치를 준비도 되어 있다는 것이겠지."

"오, 오해가 있는 것 같습니다."

노방이 두려움에 물든 눈으로 입을 열었다.

"아니. 오해 따위는 없다. 이것이 진실이며 그에 따른 결과다."

유대웅이 서찰을 흔들며 차갑게 대꾸했다.

"그래도 마지막 아량을 베풀어보지."

유대웅의 시선이 노적삼에게 향했다.

"지금이라도 무기를 버린다면 목숨만큼은 보장하겠다."

"……."

노적삼이 침묵을 지키자 유대웅의 눈가에 노기가 깃들었다.

"지금 이 순간, 채주가 눈알을 떼굴거리고 잔머리를 굴리는 동안에도 수하들은 죽어나간다는 것을 잊지 말도록."

마치 그 말을 증명하기 위해 준비되었다는 듯 지금껏 들려왔던 그 어떤 비명보다도 큰 소리가 상승채를 뒤흔들었다.

"사, 상아!"

잘려 나간 팔을 붙잡고 눈물을 흘리며 달려오는 사람이 둘째 아들임을 확인한 노적삼이 놀라 부르짖었다.

"아, 아버지."

노상이 눈물과 콧물이 범벅이 된 얼굴로 노적삼의 품으로 달려들었다.

그 꼴이 얼마나 추한지 두 원로마저 고개를 돌려 버리고 말았다.

"셋을 세겠다. 마지막 기회임을 잊지 말도록."

"저, 정말 목숨을 살려주겠다는 것이오?"

"하나."

"자, 잠깐만 말을……."

"둘."

노적삼이 뭐라 말을 붙여보려고 하였지만 유대웅은 아예 들을 생각이 없었다.

"하, 하겠소. 항복하겠소."

더 이상 버티지 못한 노적삼이 다급히 외쳤다.

"많이 늦기는 했지만 지금이라도 올바른 선택을 하여 다행이다. 그 항복, 받아들이지."

노적삼의 항복을 받아들인 유대웅이 빙글 몸을 돌리더니 크게 숨을 들이마셨다. 그리곤 당당히 승리를 선언했다.

"그만! 싸움은 끝났다!"

유대웅의 사자후(獅子吼)는 상승봉 전체를 뒤흔들었다.

그의 음성은 주변에서 벌어지는 모든 싸움을 일시에 중단시켜 버릴 만큼 압도적인 존재감을 뿜어냈다.

수적으로 상당히 열세임에도 오히려 수적들을 거칠게 몰아붙이던 호천단이 일제히 물러나고 겨우겨우 목숨을 부지하고 있던 수적들은 안도의 한숨을 내쉬며 그 자리에서 주저앉았다.

몇몇 악에 받친 수적들이 유대웅의 승리 선언 이후에도 여전히 무기를 들고 설쳐 댔지만 그들은 곧 인정이라곤 눈곱만큼도 찾아보기 힘든 호천단의 검에 의해 차가운 시신으로 변해 버리고 말았다.

포로가 된 수적들이 하나둘 끌려와 노적삼 주변에서 무릎을 꿇었다.

그들은 살기등등한 호천단의 모습을 두려운 눈으로 주시하며 자신들의 운명을 걱정했다.

잠시 후, 포로들을 앞세운 백호대가 모습을 드러냈다.

"쯧쯧."

멀쩡한 사람 없이 대부분 피투성이가 된 상태로 포로들이 끌려오자 유대웅이 눈살을 찌푸렸다.

백호대의 실력을 익히 알기에 그들이 손을 과하게 썼다는 것을 금방 알아본 것이다.

"채주님."

조건이 얼른 다가와 허리를 꺾었다.

"생각보다 늦었군."

"죄송합니다."

송구한 표정을 짓고 있는 조건의 목덜미에 피가 묻어 있는 것을 본 유대웅이 눈을 치켜떴다.

"부상을 당한 모양이군."

"예? 아 예."

조건이 목덜미를 살짝 쓰다듬으며 고개를 끄덕였다.

"흠, 상승채에서 백호대주에게 부상을 입힐 만한 상대가 있었던가?"

유대웅이 두 원로를 힐끗 바라보며 물었다.

그들을 제외하고 과연 누가 조건과 상대할 수 있었는지 의문이 들었다.

"그것이……."

말끝을 흐린 조건이 뒤쪽에 신호를 보내자 두 명의 백호대원이 축 늘어진 노검을 끌고 왔다.

"거, 검아!"

노적삼이 바닥에 나뒹구는 노검을 확인하고 깜짝 놀라 소리쳤다.

놀란 사람은 노적삼뿐만이 아니었다.

"노검이요?"

사도초가 기겁할 듯 놀라며 되물었다.

"아는 사람이냐?"

조건이 그의 반응에 물었다.

"죽은 겁니까?"

"아니, 죽진 않았다."

조건의 말에 사도초가 안도의 한숨을 내쉬었다.

사도초의 행동에 짚이는 바가 있던 유대웅이 노검의 얼굴을 바라보며 말했다.

"흠, 장청이 말한 녀석 중 하나인 모양이군."

"예. 그중에서도 첫손에 꼽은 친구입니다."

곁으로 다가온 사도초가 기어들어 가는 음성으로 대답했다.

"호~ 그 정도냐? 그 녀석 사람 보는 눈이 조금 박한데."

누군가를 평가하는 데 있어 장청만큼 깐깐하고 냉정한 사람이 없다는 것을 잘 알고 있던 유대웅이 놀랍다는 표정과 함께 조건에게 물었다.

"이 친구 실력이 어느 정도나 되지?"

"상당합니다."

"상당하다?"

모호하기 그지없는 대답에 유대웅의 미간이 살짝 찌푸려지자 조건이 얼른 부연 설명을 했다.

"칼이 꽤나 날카롭고 빠릅니다. 무엇보다 초식의 변화가 심하여 대응하기가 상당히 까다롭습니다. 백호대원 셋이 변변히 대항도 하지 못하고 쓰러질 정도니까요."

순간, 유대웅의 눈썹이 하늘로 치솟았다.

"변변히 대항을 하지 못했다? 하면 그들은 어찌 되었나?"

"목숨에는 지장이 없지만 다들 중상입니다."

"그래서, 수하들이 쓰러지는 것을 보고 대주가 상대한 것이로군."

"예."

"더불어 상처까지 입었고."

"끝났다고 생각을 했는데… 채주님의 사자후 소리에 저도 모르게 방심을 했습니다."

"방… 심?"

유대웅의 음성이 차가워졌다.

'아!'

조건의 낯빛이 새하얗게 질렸다.

아차 싶었다.

유대웅이 가장 싫어하는 말이 다름 아닌 방심이란 말.

조건은 자신도 모르게 결코 입에 담아서는 안 되는 말을 했다는 생각에 몸을 부르르 떨었다.

그를 바라보는 백호대원들의 표정도 가관이었다.

다른 사람도 아니고 백호대의 우두머리가 그런 말을 내뱉었으니 불똥이 백호대 전체로 퍼지는 것은 불문가지였다.

"내 수하 중에 아직도 방심이란 단어를 내뱉는 위인이 있다니 놀랍군."

"죄, 죄송합니다."

"죄송할 것은 없다. 아직 훈련이 덜되어 그런 것이니까."

훈련이란 말에 조건의 얼굴이 푹 꺼졌다.

유대웅의 입에서 어떤 말이 나올지 예상이 됐기 때문이었다.

"백호대는 지금 즉시 귀환하여 생사림에 입소한다."

예상은 한 치의 빗나감도 없었다.

"존… 명."

조건이 죽을상을 하며 명을 받았다.

"사도초."

"예, 채주."

"지금부터 군사가 네게 준 임무를 실행해라. 단, 그들이 거부하면 굳이 강권할 필요는 없다. 원하는 자에 한해서."

"명심하겠습니다."

"인원이 확정되면 백호대와 함께 생사림으로 보내라."

"알겠습니다."

짧은 대답과 함께 몸을 돌린 사도초는 장청이 그에게 맡긴 임무, 미리 점찍어두었던 인재들을 찾아 분주히 움직이기 시작했다.

"그러고 보니 정확한 피해 상황도 듣지 못했군. 저 녀석에게 당한 셋 이외에 다른 피해는 없나?"

"한 명이 목숨을 잃었고 경상자 일곱이 발생했습니다."

"목숨을 잃어?"

"예. 동귀어진 수법에 당했습니다."

"음."

유대웅의 입에서 침음 소리가 흘러나왔다.

같이 죽자고 덤비는 상대만큼 무서운 적은 없는 것. 그만한 독종이 많지 않다는 것에 감사할 뿐이었다.

"그래도 부상자가 너무 많군."

"……."

"역시 방심을 했기 때문인가?"

"그, 그게……."

유대웅의 말이 또 이상한 방향으로 흐른다고 생각한 조건이 당황하여 입을 열려 할 때 유대웅의 말이 이어졌다.

"생사림에 도착하면 생사림주께 이 말을 정확히 전하라."

조건이 간절한 눈으로 유대웅을 응시했지만 유대웅은 그 눈빛을 매몰차게 외면해 버렸다.

"대체 어떻게 훈련을 시키시기에 방심이란 말이 나오냐고. 대.단.히. 실망스럽다고 말이다."

"……."

"왜 대답이 없지?"

"알… 겠습니다."

'죽었다.'

그것이 유대웅과 조건의 대화를 숨도 못 쉬고 듣고 있던 백호대원 모두의 뇌리 속에 떠오른 오직 한 단어였다.

　아울러 염라대왕보다 최소한 백배는 더 무서울 것 같은 얼굴을 떠올리니, 와호채의 태상장로이자 생사림주로 불리는 자우령의 얼굴이었다.

第二十章

생사림(生死林)

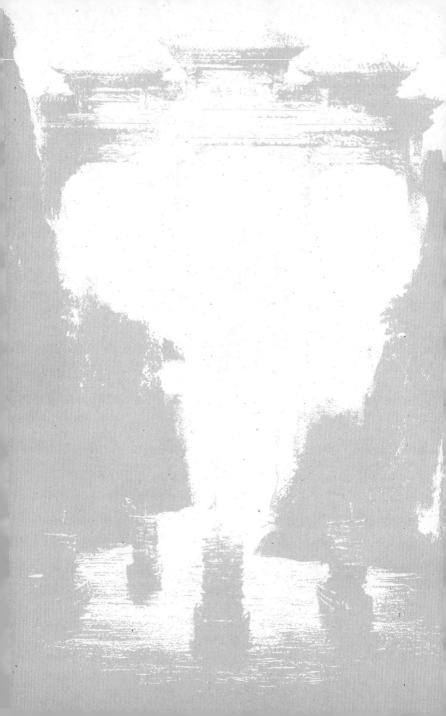

"예? 생사림으로요?"

질문을 하는 종리구의 얼굴이 하얗게 질려 버렸다.

그가 어째서 그런 반응을 보이는지 너무도 잘 알기에 장청이 미안한 표정을 지으며 말했다.

"저도 여러 번 말리기는 했지만 한 번 결정을 내리면 여간해선 번복하지 않는 채주님이신지라……."

"그래도 그렇지요. 현재 자금이 바닥난 상태라는 것은 군사께서 더 잘 아시지 않습니까? 백호대가 생사림으로 가면 대체 무슨 돈으로 와호채를 꾸려간단 말입니까? 죽을힘을 다해 벌어도 부족한 판에."

"제 말이요."

장청이 한숨을 푹 내쉬었다.

"단순히 수입이 끊기는 문제가 아닙니다. 삼 년간 생사림에서 얼마나 많은 돈을 잡아먹었는지 기억하시지요? 그중 육할 이상이 약값으로 들어갔습니다."

"그야 워낙 강도 높은 훈련을 받다 보니 자연적으로……."

"그땐 자금이 넉넉하여 버틸 수가 있었지만 지금은 그렇지 못하니까 문제입니다. 약값은커녕 기본 생활비가 부족할 지경입니다."

평소에 있는 듯 없는 듯 그렇게 조용조용하던 종리구는 얼굴에 핏대가 잡힐 만큼 흥분한 상태였다.

"그래도 상승채를 무너뜨리면서 어느 정도는 해결되지 않았습니까?"

"택도 없습니다. 온전히 들어왔다면 모를까 흩어지는 수적들에게 대부분 나누어주지 않았습니까? 이런저런 것들을 감안해 보았을 때 고작 열흘 정도 더 버틸 수 있을 정도입니다. 물론 약값을 뺀다면 적어도 석 달은 버틸 수 있는 액수지만요."

"그렇다고 훈련 강도를 약하게 해달라고 할 수도 없는 노릇입니다."

"채주님만 훈련에 참여 안 하셔도 그만한 비용은 발생하지 않을 겁니다. 부상자들의 절반 이상이 채주님과의 비무에서 생기는 것으로 알고 있습니다만."

"정 그러시면 총관께서 말씀을 해보시지요. 제가 다른 것은 몰라도 생사림에 관해서만큼은 자신이 없습니다."

"제… 가요?"

넌지시 던지는 장청의 말에 언제 기세가 등등했느냐는 듯 종리구의 위세가 급격히 약해졌다.

"돈이 없다면서요? 하니 돈을 더 벌어오든가, 아니면 생사림에서 부상자가 발생하지 않게끔 해달라고 말씀을 드리면 될 것입니다."

"꼭 그런 것은……."

장청이 생각보다 강하게 나오자 종리구의 표정에 조금은 당황한 빛이 흘렀다. 하지만 이내 표정을 고쳐먹고 고개를 끄덕였다.

"굶어 죽느니 그것이 낫겠습니다. 제가 말씀드리지요."

"좋은 생각입니다. 그래, 언제 생사림으로 가실 생각입니까?"

장청이 엄지손가락을 치켜 올리며 물었다.

"이, 일단 이곳의 생활을 안정시켜야 하지 않겠습니까? 예전에 웅묘채가 사용을 했다고 하더라도 손을 볼 곳이 많습니다. 그래도 와호채의 전초기지라 할 수 있는데 제대로 해야지요."

"그럼 너무 늦지 않겠습니까? 열흘 정도밖에 버틸 수 없다고 하시지 않았습니까?"

"그, 그렇긴 하지요."

"이곳은 제가 맡겠습니다. 지금 급한 것은 이곳이 아니라 재정 상태 아니겠습니까? 총관께선 어서 빨리 채주님을 만나 뵙고 이 문제에 대해 심도있는 논의를 하십시오."

장청은 오만상을 찌푸리는 종리구의 말문을 아예 막아버렸다.

"사도초."

"예, 군사."

"네가 모시고 가라. 아울러 운밀각 요원들의 훈련이 잘되고 있는지 확인도 하고."

"알겠습니다."

상황이 빼도 박도 못하게 돼버리자 종리구는 아예 체념을 해버렸다. 될 대로 되라는 표정으로 고개를 끄덕였다.

"가지요, 가고말고요. 설마 죽기야 하겠습니까?"

"그럼요."

장청이 웃으며 고개를 끄덕여 주었다.

종리구는 자신보다 무려 다섯 살이나 어린 장청에게 처음으로 살심이란 것이 깃들었다.

*　　　*　　　*

"어서 오십시오, 채주님."

생사림에 도착한 유대웅을 반가이 맞은 사람은 이휘였다.

반년 전만 해도 호천단주로서 유대웅의 곁을 지켰던 이휘
는 현재 감찰단주라는 지위에 있었다. 하나, 감찰단의 업무는
부단주에게 일임하다시피 하고 하루의 대부분을 생사림에서
무사부 역할을 자처하고 있었다.

"그간 편히 지냈습니까, 이 단주?"

"예. 불편함없이 잘 지내고 있습니다."

이휘는 처음 와호채에 발을 들여놓았을 때처럼 실로 정중
히 유대웅을 대했다.

이휘의 태도가 처음엔 상당히 거북했지만 지금은 그러려
니 하고 넘어가는 유대웅이 빽빽이 우거진 숲을 턱짓으로 가
리키며 물었다.

"왔지요?"

"예."

"어떻습니까?"

유대웅이 사뭇 기대된다는 표정으로 질문을 던지자 이휘
또한 입가에 웃음을 지었다.

"태상장로님의 성격 아시잖습니까? 게다가 그런 질책성 문
구까지 전해 들으셨으니 뻔하지요."

"흠, 그게 질책이 되었나요? 딱히 질책을 하고 싶은 마음은
없었는데 말이지요."

"그게 질책이든 아니든 결과는 채주님께서 원하시는 대로 되었습니다. 아마도 채주님을 보면 들이받으려고 하는 녀석들이 있을지도 모르겠습니다."

"흐흐, 이 단주가 이런 농담을 할 줄은 몰랐군요."

유대웅이 웃음을 터뜨리자 이휘가 정색을 하며 대꾸했다.

"농담이 아니라 사실입니다."

"……."

잠시 이휘를 응시하던 유대웅이 짧게 헛기침을 했다.

"이럴 게 아니라 할아버님께 가봐야겠습니다."

"예. 그렇잖아도 기다리고 계십니다."

이휘는 총총걸음으로 사라지는 유대웅의 뒷모습을 보며 쓴웃음을 지었다.

"빨리 기어오지 못할까!!"

절벽 위에서 아래를 내려다보며 외치는 자우령의 음성은 그야말로 천지를 진동시키는 천둥소리보다 더욱 우렁찼다.

"이리도 굼뜬 것을 보니 네놈들이 아직도 정신을 차리지 못한 게로구나!"

자우령은 밑에서 들려오는 아우성에도 아랑곳하지 않고 냉정히 몸을 돌렸다.

"약속한 이각이 지났다. 시작해."

오물을 가득 담은 돼지 오줌보를 들고 절벽 위에 일렬로 선

적호대는 자우령의 명에 어쩔 줄을 몰라 했다.

다들 적호대주의 눈치만 살피자 자우령이 적호대주에게 간단히 말했다.

"싫으면 자리를 바꾸던지."

말이 떨어지기가 무섭게 적호대주의 입에서 절박한 외침이 터져 나왔다.

"던져!"

"한 명이라도 올라오면 네 녀석들이 대신 내려갈 줄 알아."

자우령의 엄포에 하얗게 질린 적호대는 손에 든 오줌보를 힘겹게 절벽을 오르는 백호대를 향해 무차별적으로 내던졌다.

적호대는 특히 조금이라도 가능성이 보이는 백호대원을 향해 오줌보를 집중시켰는데 이는 죽어도 자리를 바꾸지 않겠다는 강한 의지였다.

위에서 쏟아지는 오줌보에 맞거나 피하다가 절벽에서 떨어지는 백호대원들의 비명이 처절하게 퍼져 나갈 때 유대웅이 절벽 위에 모습을 드러냈다.

"왔느냐?"

자우령이 심드렁한 표정으로 유대웅을 맞았다.

"예. 그런데 이각이라면 너무 박한데요. 무공을 사용하지 않으면 시간 안에 올라올 사람은 몇 명 안 될 텐데요."

"훙. 네놈이 이렇게 만들어놓고는 웬 딴청이냐? 대.단.히.

실망스럽다는 전언은 잘 받았다."

"하하, 제가 정말 실망해서 그랬겠습니까? 단지 녀석들의 정신상태가 조금 해이해진 것 같아서 그랬지요."

"어쨌거나 그 또한 우리 잘못이란 말 아니더냐?"

자우령은 여전히 불편한 심기를 풀지 않았다.

"그럴 리가요. 저들이 저만큼이나 성장을 한 것이 다 할아버님과 생사림에서 고생하시는 분들 덕이라는 것을 다른 누구보다 제가 잘 아는데요."

"아는 놈이 그래?"

"이보 전진을 위한 일보 후퇴라고 생각해 주세요. 제가 보낸 전언은 그를 위한 양념 정도로 생각하시면 되고요."

"덩치는 산만 한 놈이 말이나 못하면."

자우령이 유대웅의 머리통을 후려쳤다.

툭 건드린 것에 불과하지만 유대웅은 죽는 표정을 하며 엄살을 떨다가 자우령의 입가에 웃음이 흐르는 것을 본 뒤에야 표정을 풀었다.

"이번에 입소한 녀석들은 좀 어떻던가요? 쓸 만한 녀석이 있나 모르겠네요."

"늘 느끼는 거지만 대단한 녀석이야."

"예?"

"장청 말이다. 어린놈이 안목이 대단해. 지금껏 놈이 찍은 녀석 중 별 볼일 없는 놈이 없더란 말이지. 이번도 마찬가지다. 다들 괜찮아. 조금만 다듬으면 훌륭한 전력이 되겠어. 특히 노검인가 뭔가 하는 녀석은 더욱더."

"노검… 이요?"

"며칠이나 됐다고 기억을 못해. 조건에게 상처를 안긴 녀석."

"아예."

유대웅이 기억난다는 듯 고개를 주억거리자 자우령이 한심한 눈으로 쳐다보다 말을 이었다.

"고놈. 물건이다."

그동안 자우령이 물건이라 할 정도의 인물이 현 호천단주를 제외하곤 전무했다는 것을 감안하면 엄청난 칭찬이 아닐 수 없었다.

유대웅이 정색을 하며 물었다.

"어느 정도나요?"

"조금 더 지켜봐야겠지만 나와 마 장로는 흑호대주로 점찍었다."

"그 정도나요?"

유대웅이 깜짝 놀라 되물었다.

그는 노검이 아직 우두머리를 정하지 못했던 흑호대의 수장감이라는 말에 기쁨을 감추지 못했다.

"그렇게 호들갑 떨지 마라. 아직 검을 쥔 모습을 보지 못해 정확하게 판단을 내릴 수는 없었으니까. 그래도 몇 마디 말을 나눠보니 나이도 어린 것이 검법에 대한 조예가 상당해. 조건에게 상처를 입힐 정도면 사실 어느 정도 능력은 입증된 것이나 다름없고."

호들갑 떨지 말라고 했지만 자우령 또한 상당히 기대하는 모습이었다.

"할아버지께서 그리 생각하시면 그런 것이겠지요. 이제 황호대주만 찾아내면 되겠네요."

환한 웃음을 지은 유대웅이 걸음을 옮기더니 적호대원 손에 들린 오줌보를 빼앗았다.

"이건 기념이다."

유대웅의 손을 떠난 오줌보가 맹렬한 속도로 날아가 동료들보다 한참을 앞서 절벽을 오르던 한 사내의 어깨를 후려치며 터져 버렸다.

오줌보에 맞은 사내는 사방으로 퍼지는 오물을 뒤집어쓰며 절벽 아래로 떨어져 내렸다.

"내 맘 알지, 대주?"

유대웅이 씨익 웃으며 말했다.

조건은 방금 전까지만 해도 자신의 바로 뒤에서 이를 악물고 따라붙다 결국 오물을 뒤집어쓰고 힘없이 떨어져 내린 부대주 뇌초를 안타까워하며 고개를 푹 숙였다.

"조금 있다 보자고."

조건에게 손을 흔들어준 유대웅이 발걸음을 옮겼다.

잠시 후, 그가 도착한 곳은 생사곡(生死谷)으로 한 치의 빈틈도 허락하지 않는 생사림에서도 가장 위험한 곳이었다.

　생자불출(生者不出).

　유대웅은 이십여 장이나 되는 계곡을 가로지르는 흔들다리 옆 바위에 붉게 쓰여진 글귀를 보며 인상을 찌푸렸다.

　몇 번이고 죽음을 경험할 정도로 생사곡의 훈련이 힘들고 고되다는 말이었지만 어감상 느낌이 영 좋지 않았다.

　"언제 봐도 무시무시하군."

　유대웅이 경고를 뒤로하고 다리를 건너기 시작했다.

　움직일 때마다 거칠게 요동치고, 때때로 불어오는 강풍이 다리를 뒤흔들어 중심을 잡기가 쉽지 않았지만 유대웅은 크게 개의치 않았고 성큼성큼 걸어갔다.

　"문제는 지금부턴데."

　막 다리를 건넌 유대웅은 다리와 지면을 이어주는 발판을 바라보며 짧은 한숨을 내쉬었다.

　생사곡은 말 그대로 보보마다 위험이 넘치는 곳이었다.

　언제 어디서 암기가 튀어나올지 몰랐고 암습이 이어질지 몰랐다.

　그건 생사곡을 방문하는 모든 이들에게 통용되는 것이었는데 채주라고 예외는 아니었다.

유대웅은 지면으로 이어지는 발판을 힐끗 바라보다 발에 채이는 돌멩이 하나를 툭 찼다.

돌멩이가 발판에 떨어지기가 무섭게 발판 밑에서 한 치 길이의 바늘이 무수히 솟구쳤다.

"크, 알 만한 사람은 알지. 한 번 찔리면 얼마나 고생을 해야 하는지."

바늘에 찔린다고 죽는 것은 아니다.

하지만 바늘에 발라져 있는 극락산(極樂散)은 인내심의 극한을 시험케 하는 것이었다.

그렇다고 목숨을 위협하거나 심각한 후유증을 유발하는 극독은 아니었다.

그것의 효능은 딱 하나, 세상에서 가장 독하다는 남만(南蠻)의 모기보다 열 배는 더 지독한 가려움증을 유발하는 것이었다.

유대웅은 촘촘히 올라온 바늘을 보며 징그러운 벌레를 보듯 인상을 찌푸렸다.

처음 생사곡을 방문하고, 충분한 경고가 있었음에도 자신의 능력을 과신하다가 극락산에 당한 적이 있었다.

워낙 단단한 몸뚱이를 지닌 터라 상처 따위는 문제가 되지 않았지만 가려움을 유발하는 극락산은 달랐다. 더구나 그 위치가 발바닥인지라 체면상 마음껏 긁을 수도 없었다.

정확히 사흘을 미칠 만큼 고생한 뒤에야 정상으로 돌아올 수 있었는데 그 후, 극락산이라면 학을 뗄 지경이었다.

돌멩이를 던져 함정을 확인한 유대웅은 발판을 훌쩍 뛰어넘었다.

바로 그때, 좌우에서 그를 노리며 비수가 날아들었다.

마치 그가 발판을 뛰어넘을 것임을 예상이라도 하듯 몸이 정점에 이르렀을 때 날아든 절묘한 공격이었다.

유대웅은 그 즉시 왼발로 오른발을 박찼다.

오른발을 디딤돌 삼아 한 번 뛰어오른 유대웅이 공중제비를 하며 좌우에서 날아든 비수를 피해 지면에 착지하는 순간, 바닥에서도 십여 개의 칼날이 솟구쳤다.

유대웅은 이미 예상했다는 듯 당황하지 않고 바닥을 향해 장력을 내뿜었다.

밑에서 솟구치던 칼날은 유대웅이 발출한 장력을 교묘히 피하며 그를 노렸으나 칼날이 방향을 트는 찰나의 순간을 놓치지 않은 유대웅의 손에는 이미 초천검이 들려 있었다.

유대웅은 장력의 반동으로 하강의 속도를 늦추고 몸의 균형을 바로잡은 후 검을 횡으로 휘둘렀다.

무림에서 가장 흔히 볼 수 있는 횡소천군이었다.

검선의 지도 아래 익힌 그의 횡소천군은 그야말로 완벽했다.

그를 노리며 짓쳐든 십여 개의 칼날 중 단 하나도 초천검을 피하지 못했다.

따따따땅!

요란한 충돌음과 함께 부러진 칼날이 허공으로 솟구쳤다.

그것으로 유대웅을 위해 준비한 암습은 모두 끝났다.

하나, 유대웅은 그대로 끝내고 싶은 마음이 없었다.

실패는 곧 죽음이라는 것을 알려주기 위해서라도 단순히 암습을 격퇴하는 것으론 충분하지 않았다.

유대웅의 눈빛이 조금 차가워진 것은 바로 그 찰나였다.

초천검이 다시 움직였다.

부러진 칼날이 초천검을 따라 움직이는가 싶더니 갑작스레 방향을 바꿔 자신의 주인들을 향해 날을 세웠다.

힘찬 기합성과 함께 초천검에 이끌려 다니던 칼날이 일제히 비산했다.

이미 은신을 풀고 밖으로 몸을 드러낸 이는 물론이고 여전히 땅바닥에 은신을 하고 있던 자들에게서까지 일제히 비명이 터져 나왔다.

비틀거리며 모습을 드러낸 이들의 어깨 위에 하나같이 부러진 칼날이 박혀 있었다.

"훈련은 실전같이. 그대들은 모두 죽었다."

유대웅의 선언에 언제 고통스런 표정을 지었냐는 듯 자세를 바로 한 이들이 일제히 허리를 꺾었다.

"충!"

유대웅이 흐뭇한 미소로 인사를 받고 있을 즈음 뒤에서 박

수 소리가 터져 나왔다.

"허허허! 역시 대단한 실력입니다, 채주."

천천히 걸어오는 초로의 노인은 다름 아닌 전 은영문의 문주 마독이었다.

빙글 몸을 돌린 유대웅이 반가이 인사했다.

"어째 점점 강도가 심해지는 것 같습니다, 마 장로."

"훈련은 실전같이. 채주님이 늘 말하는 것 아닙니까? 이 녀석들의 훈련도 되지만 채주도 긴장감을 유지하는 데 도움이 되리라 생각합니다."

"그래도 이렇게 과감하게 들이댈 줄은 몰랐습니다."

"아직 끝나지 않았습니다. 처소로 가는 동안 몇 번의 공격을 더 받을 것입니다."

"예?"

유대웅이 깜짝 놀라는 표정을 짓자 마독이 다소 겸연쩍은 웃음을 지으며 말했다.

"채주에게 조금이라도 상처를 입힌다면 닷새의 휴식을 보장했습니다. 다들 눈에 불을 켜고 달려들 겁니다."

"끙."

유대웅의 입에서 절로 신음 소리가 흘러나왔다.

"먼저 가 있겠습니다. 때마침 후아주를 조금 구했습니다. 준비해 놓을 테니 천천히 오십시오."

"아니. 그, 그게……."

유대웅이 마독을 잡으려 했지만 그의 신형은 이미 사라지고 없었다.

"에휴."

유대웅이 어쩔 수 없는 한숨과 더불어 마독의 처소로 통하는 길을 응시했다.

지옥과도 비견되는 생사곡의 훈련을 무려 닷새간이나 빠질 수 있다는 것만큼 치명적인 유혹은 없었다.

수하들이 눈에 불을 켜고 달려들 것은 불문가지.

벌써부터 요상한 기운이 흘러나오는 것이 제대로 매복을 하고 있는 것 같았다.

그렇다고 일부러 부상을 당해주거나 적당히 상대해 줄 마음은 눈곱만큼도 없었다.

"각오들 단단히 해!"

괜스레 소리를 지른 유대웅이 길을 따라 힘차게 걸음을 내디뎠다.

유대웅이 마독의 처소에 도착한 것은 마독과 헤어진 뒤 정확히 삼각이 지났을 때였다.

"앉으시지요."

마독이 문을 벌컥 열고 나타난 유대웅을 상석으로 안내했다.

"냄새가 좋군요."

여섯 번의 매복과 암습을 뚫고 나오느라 상당히 지친 유대웅은 방 안 가득 퍼져 있는 후아주 향기에 연신 코를 벌름거렸다.

"지난번보다는 조금 못해도 그런 대로 마실 만합니다."

"설마요. 제아무리 황제가 원한다고 해도 쉽게 얻을 수 없는 것이 후아주 아닙니까? 이런 호사도 없지요."

유대웅은 선홍빛으로 빛나는 후아주의 향기가 흘러넘치고 푸짐한 안주가 차려져 있는 탁자를 바라보며 입안에 고인 침을 꿀꺽 삼켰다.

"자, 우선 한잔 받으시지요."

마독이 잔을 건네자 유대웅은 거절하지 않았다.

그는 마독이 따라주는 술을 연거푸 비운 다음에야 비로소 얼굴을 붉히며 마독에게 술을 권했다.

마독은 담담히 웃으며 잔을 비웠다.

그렇게 몇 배 순의 술잔이 오가고 둘의 얼굴이 불콰할 때쯤 마독이 물었다.

"그만하면 쓸 만할 것 같습니까?"

"뿐인가요. 하마터면 망신을 당할 뻔했습니다."

유대웅은 몇 번이나 간담을 서늘케 했던 치밀한 암습을 떠올리며 혀를 내둘렀다.

"어쨌건 한 녀석도 성공을 하지 못했군요."

"제가 그래도 명색이 와호채의 채주 아닙니까? 죽을힘을 다해 버렸습니다."

유대웅이 씨익 웃으며 술을 들이켰다.

"한데 이번 공격에 참여한 이들의 수준은 생사곡에서 어느 정도나 되는 겁니까? 저쪽은 확실하게 파악을 하고 있는데 아무래도 이곳은 파악하기가 쉽지 않네요."

유대웅이 손에 집은 안주로 생사곡 바깥을 가리키며 말했다.

"전통적인 무공이 아니라 특화된 기술을 배우는 곳이라 그렇겠지요. 아무튼 상위는 아닙니다. 정확히 말씀드리면 하위에 가깝다고 할 수 있겠네요. 이제 막 기초공부가 끝났다고나 할까요."

마독은 담담히 얘기했지만 유대웅은 그럴 수가 없었다.

비록 아무런 상처 없이 격퇴하기는 했지만 삼삼오오 짝을 지어 암습을 해오는 능력이 상당했기 때문이었다. 한데 그들이 하위라면 그 위에 있는 이들의 실력이 어떨지 상상이 가지 않았다.

"아무리 생각해도 하늘은 제 편인 것 같습니다."

뜬금없는 말에 마독이 미처 반응을 하기도 전에 유대웅의 말이 이어졌다.

"마 장로께서 와호채에 와주셨으니 말입니다."

"무슨 말씀을. 아무런 조건도 달지 않고 손녀의 목숨을 구해주신 채주입니다. 하늘은 오히려 이 늙은이의 편일 겁니다.

솔직히 화산에 도착했을 때까지만 해도 이런 행운이 올 것이라 생각지도 못했는데……."

당시의 기억을 떠올리는 것만으로도 감개무량한지 마독의 눈가가 촉촉이 젖어들었다.

과거, 화산에 도착해 화산검선을 만난 마독은 손녀를 잘 부탁한다는 말 한마디를 남기고 곧바로 화산을 떠났다.

은퇴를 했다지만 아무래도 그의 출신이 정파에서 꺼려하는 은영문인지라 손녀의 미래에 조금이라도 영향을 끼칠 수 있다는 판단에서였다.

화산을 떠난 마독은 그 즉시 와호채로 향했다.

유대웅이 그의 거처를 정확하게 얘기해 주지 않았으나 찾지 못할 마독이 아니었다.

그렇다고 은영문 자체를 와호채에 귀속시킨 것은 아니었다.

은영문 또한 나름 역사와 전통을 자랑(?)하는 문파로 자의적으로 문을 닫게 할 수는 없는 노릇이었다.

마독은 함께 하겠다는 현 문주의 제의를 단호히 거절하고 자신과 함께 은퇴한 노살수 두 명과 문주가 억지로 안겨준 열 명의 살수들만 대동한 채 와호채로 향했다.

유대웅과 장청의 대대적인 환영을 받으며 와호채에 입성한 마독은 장로의 직함을 받았고 함께 간 수하들과 더불어 곧바로 와호채 수적들을 훈련시키기 시작했다.

유대웅과 자우령은 마독의 주특기를 살리기 위해 생사곡
이라는 독립적인 공간을 그에게 제공하며 막대한 지원을 아
끼지 않았다.

  그렇게 삼 년, 와호채와 와호채로 유입된 수적들이 생사림
에서 대대적인 변신을 하는 동안 생사곡에서도 뛰어난 인재
들이 배출되기 시작했다.

  마독에게 살수의 능력을 고스란히 이어받은 자부터 온갖
잡술에 특화된 이들까지 쏟아져 나오니 그들 덕에 와호채의
전력은 처음보다 몇 배나 증가되었다.

  "이것 참. 또 쓸데없는 생각을 하고 있었군요."

  잠시 상념에 잠겼던 마독이 멋쩍은 미소와 함께 술잔을 비
웠다.

  "이번에 손녀분께서 청정 사형의 제자가 되었다고 들었습
니다."

  유대웅이 마독의 빈 잔을 채우며 말했다.

  "예. 병을 고친 것만 해도 감읍할 지경인데 정말 이 은혜
를……."

  "아니요."

  유대웅이 얼른 말을 잘랐다.

  "손녀분이 어떤 능력을 지녔는지 생각해 보십시오. 제가
처음부터 말했지요. 화산에서 그런 인재를 놓칠 리가 없다고.
좋은 재목의 제자를 들이는 것은 모든 문파의 바람이요 소망

입니다. 마 장로께서 은혜를 입은 것인지 화산이 은혜를 입은 것인지는 먼 훗날이 되면 제대로 알게 될 겁니다."

"훗날의 평가가 어찌 될지는 이 늙은이와 상관없습니다. 그저 그런 인연을 만들어준 사람이 누구인지만을 기억할 뿐입니다."

마독의 완고한 태도에 오히려 머쓱해진 유대웅이 화제를 돌리고자 술병을 흔들어대며 말했다.

"그런데 이거 조금 더 남아 있습니까? 우리만 마신 것을 알면 할아버지께서 무척이나 서운해하실 겁니다. 그렇잖아도 이번 일로 죄송한데."

"허허, 백호대가 생사림에 왔다는 말은 들었습니다. 태상장로께 쓴소리도 전했다면서요?"

유대웅이 당치도 않다는 듯 양손을 흔들었다.

"쓴소리는 무슨. 그저 백호대 녀석들 정신 좀 번쩍 차리게 해주십사 부탁을 드린 것이지요."

"어쨌거나 효과는 확실한 것 같습니다. 요 며칠 아주 곡소리가 나는 것 같더군요."

"그러게요. 오는 길에 보니 조금 미안하기도 했습니다."

말은 그리했지만 전혀 그런 표정은 아니었다.

"함께 가시지요. 술도 넉넉하고. 그렇잖아도 한 번 찾아뵈려고 했습니다."

"그럴까요?"

"준비토록 하겠습니다."

잠시 자리에서 일어난 마독이 문을 열고 뭐라 말을 하는 사이 유대웅은 안주로 오리구이를 질겅거리며 읊조렸다.

"그나저나 사부님과 사형께선 잘 계시나 모르겠네."

*   *   *

싸움이 벌어진 지 무려 두 시진, 대낮에 시작하여 황혼이 지는 이 순간까지 숨 막히는 대결은 계속되고 있었다.

멀리서 싸움을 지켜보는 세 사람.

고선 진인과 명선 진인, 그리고 청우는 딱딱하게 굳은 얼굴로 아무런 말도 하지 못했다.

처음, 낯선 중년인이 낙안봉에 올라 정중한 태도로 태선 진인에게 비무를 청하였을 때만 해도 이런 표정은 아니었다.

그저 명성을 쫓아 검선에게 비무를 청하는 어리석은 도전자가 또 한 명 늘었구나 하고 생각할 뿐이었다.

태선 진인이 더없이 긴장된 표정으로 비무를 승낙하고 검을 빼 들었을 때 조금은 의아하게 생각을 하긴 했지만 단지 그뿐이었다.

하지만 서로에게 예를 표하는 몇 번의 형식적인 겨룸이 오고 가고 본격적인 비무가 시작되었을 때, 비무라기보다는 오히려 생사대적을 눈앞에 둔 살벌한 초식들이 난무하게 되었을 때, 그들은 어째서 태선 진인이 그토록 긴장을 한 것인지 비로소 알게 되었다.

천하제일검이라 칭송받는 검선 태선 진인.

하나, 그와 검을 맞대고 있는 중년인 또한 그런 칭송을 받아 마땅했다.

검의 움직임은 빨랐고 변화막측했으며 동시에 패도적인 힘이 넘쳤다.

몰아칠 때와 물러날 때를 정확히 파악하고 있으니 좀처럼 허점을 보이지 않았다.

고선 진인과 명선 진인은 중년인의 검을 보며 경악을 금치 못했다.

어쩌면 검선이 패할지도 모른다는 말도 안 되는 염려까지 할 정도로 중년인은 강했다.

그러나 검선은 검선이었다.

중년인이 아무리 매섭게 몰아붙여도 그의 검은 흔들리지 않았다.

빠름에는 빠름으로, 변화에는 변화로, 힘에는 힘으로 맞받아치고 때로는 상상도 할 수 없는 수법으로 압박을 가하니 가히 검선이란 명성에 부족하지 않은 실력이었다.

그렇다고 중년인을 쓰러뜨린 것도 아니었다.

둘의 실력은 한마디로 백중지세.

감히 누가 더 낫다고 말할 수 없는 가히 용호상박(龍虎相搏)

이었다.

"오늘은 이쯤에서 그만두는 것이 좋겠습니다."

마지막 일격이 허무하게 막히는 것을 보며 물러난 중년인이 다소 허탈한 음성으로 말했다.

"원하는 대로 하시게."

태선 진인은 별다른 반응 없이 무심히 대꾸했다.

물러나고 싶으면 언제든지 물러나고 다시 도전하고 싶으면 언제든지 도전해도 상관없다는 태도였다.

"천상천(天上天)이라. 그동안 적수가 없다고 여겼던 제가 검선 노선배 덕분에 개안(開眼)을 하였습니다."

"그만한 자부심을 가져도 좋을 만큼 훌륭한 실력이었네."

태선 진인은 진심으로 그를 인정하고 있었다.

"과찬입니다. 검선께서 최후의 한 수를 끝까지 감추시는 한 이번 비무는 제가 이길 수 없는 것이었습니다."

"자네도 모든 것을 내보인 것 같지는 않군."

태선 진인의 말에 중년인이 의미심장한 표정으로 대꾸했다.

"그러기 위해선 목숨을 걸어야 하니까요. 마음 같아선 끝까지 달려보고 싶었지만 혼자의 몸이 아니라서요. 이 어깨에 많은 것을 짊어지고 있어 차마 시험해 보지 못했습니다."

"음."

"아무튼 오늘은 이만 물러나겠습니다. 더불어 약속드리지요. 검선께서 계시는 한, 화산은 건드리지 않겠습니다."

"다른 곳은 건드리겠다는 말로 들리는군."

"언젠가는요. 원래 계획대로라면 바로 지금, 이곳에서 노선배를 쓰러뜨리는 것으로 시작하려 하였으나 보시다시피 이꼴이 되었군요."

중년인이 자조의 웃음을 지었다.

"아직은 제가 많이 부족하다는 것을 배웠습니다. 아무래도 조금 더 준비를 해야 할 듯싶군요."

"이제는 이쪽에서도 준비를 할 터인데?"

"상관없습니다."

"무시무시한 위협이로군."

"그리 들리셨다면 그 또한 맞을 것입니다."

중년인은 부정하지 않고 가볍게 웃었다.

그 웃음의 의미가 어떤 것인지 알기에 태선 진인은 마주 웃을 수가 없었다.

"이만 물러가겠습니다. 다시 뵐 일은 없겠지만 강녕하시길."

중년인이 정중히 예를 표했다.

태선 진인이 그 인사를 받으며 조용히 말했다.

"정양 잘하시게."

놀란 눈으로 쳐다보던 중년인이 너털웃음을 터뜨렸다.

"훗, 역시. 대단하신 안목입니다."

중년인은 다시금 예를 표하며 몸을 돌렸다. 그리곤 그를 뚫어지게 바라보는 고선 진인과 명선 진인에겐 눈길조차 주지 않고 그대로 산을 내려가 버렸다.

그가 사라진 후, 천년거암처럼 굳건하던 태선 진인의 몸이 크게 흔들렸다. 입에선 검붉은 선혈이 흘러내렸다.

"사형!"

"사부님!"

두 사제와 청우가 기겁하며 달려오자 태선 진인이 손을 들어 그들을 막았다.

"난 괜찮으니 소란 떨 것 없다."

그대로 자리에 앉아 지그시 눈을 감으며 운기조식을 시작한 태선 진인을 보며 다들 입을 다물었다.

잠시 후, 긴 숨과 함께 눈을 뜬 태선 진인의 얼굴에 조금은 생기가 돌았다.

"괜찮으십니까?"

고선 진인이 걱정스런 표정으로 물었다.

"괜찮다."

"대체 누굽니까? 누구길래 그런 엄청난 실력을 지닌 것입니까?"

고선 진인이 아직도 흥분이 가시지 않은 음성으로 물었다.

"나도 모르네. 오늘 처음 보았어. 하지만 하나는 확실하지."

태선 진인의 얼굴이 심각해졌다.

"그의 무공이 천하에 적수를 찾기 힘들 정도로 강하다는 것과 무림에 그 뜻이 있다는 것."

"그다지 마음에 들진 않아도 정무맹이 굳건히 버티고 있는 상황에서 무림을 도모하고자 하려면 그만한 힘이 있어야 합니다. 최근에 정무맹과 필적할 힘을 지닌 곳은 마황성과 혈사림 정도뿐입니다."

명선 진인이 다소 회의적으로 말을 하자 태선 진인이 고개를 흔들었다.

"아니. 그런 자신감은 확실한 힘을 갖추지 않고선 내보일 수 없는 것이네. 분명 우리가 모르는 힘이 무림에서 자라고 있을 것이야."

"흠, 어쩌면 그가 사형을 찾은 것은 무림의 정점에 선 사형을 꺾음으로써 본격적인 준동을 시작하려 했을 수도 있었겠군요."

"그 친구도 그런 말을 하더군. 이미 시작은 했을 게야. 그의 말대로 조금 더 준비를 하기는 하겠지만."

"사형께서 계신 한 놈의 야욕은 단순한 야욕으로 남을 수밖에 없을 것입니다."

고선 진인의 힘찬 말에 태선 진인은 씁쓸히 고개를 흔들었다.

"사제의 말은 틀렸네. 지금은 다소 우위를 점하기는 했으나 다시 그를 만나면 쓰러지는 것은 분명 나일 테니까."

"사형."

"그의 나이를 생각해 보게. 겨우 중년의 나이로 그만한 무위를 지녔다는 것은 하루하루 엄청난 실력의 진보가 있을 수 있다는 것이네. 더구나 오늘 그가 보인 무공은 완성된 것이 아니었어. 앞으로 얼마나 더 강해질지 알 수가 없지. 그리고 자네들도 알고 있지 않은가? 하늘이 준 시간이 얼마 남지 않았다는 것을."

"그런 말씀 마십시오."

고선 진인이 착잡한 표정으로 고개를 돌리자 청우가 조심스레 입을 열었다.

"그가 사부님께서 최후의 한 수를 감추고 계신다고 한 것 같은데 제가 잘못 들은 것입니까?"

"들었느냐? 하지만 그것이 화산의 무공은 아니다. 단언컨대 화산의 무공으론 이후의 그를 꺾을 수가 없을 것이다."

"하오면 그 최후의 한 수란 무엇이었습니까?"

잠시 뜸을 들이던 태선 진인이 어쩔 수 없다는 듯 가볍게 탄식했다.

"내가 패왕칠검을 연구하고 있다는 것은 알고 있을 게다."

청우는 대답을 하지 못하고 침을 꿀꺽 삼켰다.

"최근에 조그만 깨달음이 있었다."

"아!"

청우는 물론이고 긴장된 표정으로 듣고 있던 고선 진인과 명선 진인의 입에서도 탄성이 터져 나왔다.

"기존의 화산검과는 조금 궤를 달리하기는 해도 제법 괜찮을 것 같기는 하구나. 대결 중에 조금 시험을 해보았는데 괜찮았다. 그는 아마도 그것을 꿰뚫어 본 것일 게야."

사제들과 제자의 환호 속에서도 태선 진인의 표정은 어둡기만 했다.

"문제는 과연 그것으로 그자의 검을 깰 수 있을지 장담을 할 수가 없다는 것이다."

"그, 그 정도입니까?"

고선 진인이 두 눈을 부릅뜨자 태선 진인이 무겁게 고개를 끄덕였다.

"내가 아는 한 그자의 무공을 확실히 꺾을 수 있는 것은 오직 하나뿐."

"패왕칠검입니까?"

청우가 물었다.

"아니다. 패왕칠검이 대단한 검법이긴 하지만 화산의 검도 이에 못지않다."

"하면 그게 무엇입니까?"

고선 진인이 다시 물었지만 태선 진인은 대답하지 않았다.

"아무튼 뭔가 대책을 세워야 할 듯싶습니다. 사실상 선전포고나 다름없잖습니까?"

명선 진인의 말에 태선 진인이 고개를 끄덕였다.

"그래야겠지."

태선 진인의 시선이 청우에게 향했다.

"청우는 지금 즉시 하산하여 장문인을 불러오너라. 더불어 청정과 영영이도 함께."

"청정 사형을 말입니까?"

"그래."

"알겠습니다."

청우는 그 즉시 몸을 돌려 내달리기 시작했다.

눈 깜짝할 사이에 사라지는 청우를 보며 고선 진인이 감탄을 금치 못했다.

가히 절정의 암향표였다.

"다른 것은 몰라도 저 경공 하나만큼은 화산제일이라 부를 수 있겠어. 솔직히 사형께서도 저만큼은 안 될 텐데요."

"몇 가지에선 이미 나의 경지를 뛰어넘었다네. 경공은 그중 하나에 불과할 뿐이지."

고선 진인이 입을 떡 벌리며 놀라는 사이 잠시 생각에 잠겼던 명선 진인이 차분히 물었다.

"장문 사질은 그렇다 쳐도 청정과 그 아이는 어이해서 부르시는 겁니까?"

"이미 알고 있으면서 뭘 묻는 겐가?"

"하오면 이번에 깨달으셨다는 무공을 청정과 그 아이에

게……."

"익힐 수 있다면 오직 청정과 그 아이뿐일 게야. 물론 청우도 포함되겠지만."

고선 진인과 명선 진인이 동시에 한숨을 내뱉었다.

"자네들도 알다시피 하늘이 내게 주신 시간은 얼마 남지 않았네. 오늘 당한 부상으로 아마 훨씬 더 앞당겨졌을 터."

"사형."

태선 진인이 손짓으로 고선 진인의 말을 막았다.

"따지고 보면 시간이 얼마 없네. 암중의 적이 얼마나 큰 힘을 가지고 있을지 전혀 알지 못하는 상황에서 우린 너무 노출이 되었어. 지금부터라도 철저하게 대비하고 준비를 하지 않으면 화산에 어떤 위험이 닥칠지 아무도 알 수가 없네. 노부는 노부대로 준비를 할 터이니 자네들도 장문인을 도와 할 수 있는 모든 일을 해야 할 것이야."

"물론입니다."

"명심하겠습니다."

고선 진인과 명선 진인이 동시에 머리를 숙였다.

"후~ 그래도 한동안은 잠잠한가 싶더니 결국 터지고 마는군. 이번엔 또 얼마나 많은 사람들이 피를 흘려야 할꼬."

현 무림은 마황성과 혈사림 그리고 이들을 견제하는 정무맹이 힘의 균등을 이루고 있었다. 비록 자잘한 분쟁과 충돌은 헤아릴 수 없을 정도로 많이 발생했지만 그래도 지난 백여 년간은 혈사(血史)라고 불릴 만한 사건은 일어나지 않았다.

하지만 지금 이 순간, 태선 진인은 더없이 진한 혈향을 느끼고 있었다.

第二十一章
재회(再會)

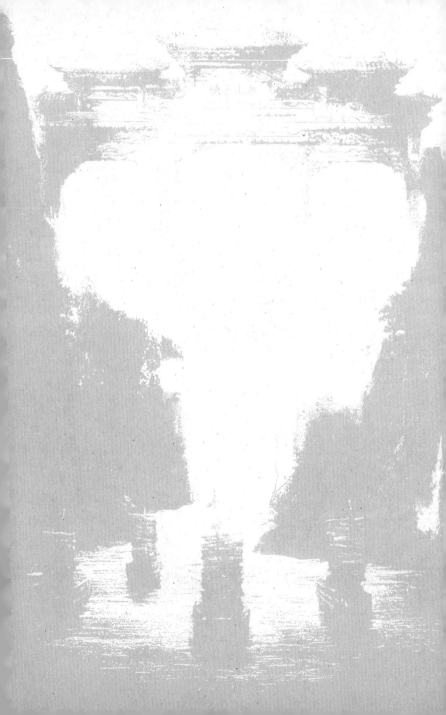

"그 정도로 심각한 거야?"

"예, 심각합니다."

"알았어. 그럼 해결해야지."

유대웅이 별일 아니라는 듯 가볍게 대답했다.

더할 나위 없이 명쾌한 대답에 군사에게 큰소리는 쳤지만 그래도 생사림에 오기까지 몇 번이나 고민하고 망설였던 종리구는 너무도 허탈했다.

"백호대는 안 된다. 아직 수련이 끝나지 않았어."

기분 좋게 후아주를 들이켜던 자우령이 잘라 말했다.

"그래요? 그만하면 충분할 것 같기도 한데요."

"이제 겨우 사흘이다. 생사림에 한 번 들어온 이상 그만한 훈련은 하고 나가야지."

"그러죠. 하면 적호대를 데리고 나갈게요."

"아니. 그놈들은 더 안 돼. 아직 멀었어. 흑호, 황호대도 마찬가지고."

자우령은 단호했다.

유대웅의 시선이 마독에게 향했다.

입가 가득 미소를 띤 마독이 고개를 흔들었다.

"생사곡의 아이들과는 어울리지 않는 일입니다. 잘하지도 못할 것이고."

유대웅이 참지 못하고 벌떡 일어났다.

"수하들도 없이 어떻게 돈을 벌어옵니까? 이 비리비리한 총관과 함께 배에 오르란 말입니까?"

"호천단 있잖아. 그 녀석들만 해도 충분해. 그리고 본채에도 여러 떨거지들이 있잖아."

그제야 호천단의 존재를 떠올린 유대웅이 머리를 탁 쳤다.

"호천단이면 충분하지요. 왜 그 생각을 못했을까?"

"알면 입 닥치고 그만 앉아. 집 무너진다."

자우령이 못마땅한 얼굴로 소리치자 유대웅이 머쓱한 미소를 지으며 자리에 앉았다.

종리구는 와호채 최고 수뇌진들의 대화를 들으며 긴 한숨을 내쉬었다.

아무리 생각해 봐도 장강을 도모하고자 하는 이들의 대화라고 여길 수가 없었다.

*   *   *

"젠장, 상승채까지 놈들에게 넘어갔단 말이지. 어느 정도 예상은 했지만 너무 빠르잖아."

일심맹주 황우의 입에서 신음과도 같은 탄식이 흘러나왔다. 아울러 너무도 무력하게 무너진 상승채에 대한 분노가 화산처럼 들끓었다.

"병신 같은 놈들. 그렇게 주의를 주고 또 주었건만. 분위기만 이상해도 바로 연락을 하라고 명도 내렸고. 설마 처음부터 투항할 작정을 한 거 아냐?"

황우의 노호성에 금완이 한숨을 내쉬며 대답했다.

"제가 알아본 바에 의하면 상승채는 맹주님의 명을 충실히 따른 것으로 확인되었습니다. 놈들이 황룡첩을 보내자마자 이쪽으로 전서구도 띄웠고요."

"그런데 왜?"

"그 전서구가 놈들에게 잡히는 바람에 일이 꼬인 것입니다. 그리고 곧바로 기습을 당해 변변한 대항도 하지 못한 것이고요. 그래도 나름 최선을 다해 싸웠다고 하더군요."

"흥, 최선을 다해서 싸우긴 뭐가 최선을 다해. 내 듣기론 와호채 놈들의 피해는 전무하다고 하던데. 아무리 기습을 당해도 그럴 수는 없지."

"그게 무서운 겁니다. 과거와는 비교할 수 없을 정도로 강해졌다는 증거니까요."

"흥."

더 이상 반박을 하지는 않았지만 황우의 태도를 보면 그가 결코 수긍하지 않았음을 알 수 있었다.

"좋아. 지금까지는 그렇다고 쳐. 앞으로는 어찌해야 하지? 상승채까지 놈들에게 빼앗겼다면 사실상 우리가 장악하고 있는 구역은 구당협뿐이잖아."

"……."

"왜 꿀 먹은 벙어리야?"

황우의 재촉에도 금완은 별다른 대답을 하지 못했다. 아니, 할 수가 없었다.

근 삼 년간 벌어진 내전에서 일심맹의 힘은 그 어느 때보다 약해졌다.

반란의 주역이었던 기문채와 연산채를 흔적도 없이 지워 버렸지만 그로 인해 치러야 했던 대가는 엄청났다.

서능협과 무협에서의 영향력을 잃은 것은 물론이고 안방이라 할 수 있는 구당협의 수채들까지도 번번이 반기를 들기 일쑤였다.

일심맹을 지지하는 우호적인 수채들의 수 또한 이제 손꼽을 정도였으니 삼 년 만에 모습을 드러낸 뒤 벌써 세 곳의 수채를 무릎 꿇리고 네 곳의 수채를 장강의 물길에서 지워 버린 와호채의 전력을 감안했을 때 정면대결은 필패였다.

설사 일심맹에 동조하는 모든 수채들을 끌어모은다고 해도 결과는 바뀌지 않을 것이다.

애당초 수준이 달랐다.

"표정을 보니 절대로 이기지 못할 것 같은 얼굴이군."

"솔직히 그렇습니다."

금완은 부인하지 않았다.

"객관적으로 열세라는 것은 나도 알아. 놈들이 어째서 쳐들어오지 않는지 이상하게 생각할 정도로. 그러나 내가 명색이 일심맹의 맹주야. 아무런 대책도 없이 당하지는 않아."

"계획이라도 있으신 겁니까?"

지금까지와는 전혀 다른 황우의 모습에 금완이 다소 놀라는 표정을 지으며 물었다.

"계획까지는 아니지만 내 은밀히 준비한 비장의 무기들이 있지. 그 첫 번째는 오늘 아침 이미 도착을 했고 이제 두 번째만 기다리면 돼."

얼마 전, 황우가 화포(火砲)를 구해야겠다는 생각을 넌지시 비추었던 것을 떠올린 금완이 당황의 빛을 띠며 물었다.

"설마 화포를 구한 것입니까?"

"역시 눈치가 빨라. 구했지. 그것도 무려 다섯 문이나."

황우는 자랑스럽게 얘기했지만 듣는 금완은 결코 그럴 수가 없었다.

"화포는 나라에서 금한 무기입니다."

"수적질은 언제 허락을 했던가?"

황우가 같잖다는 표정을 지으며 퉁명스레 대꾸했다.

"차원이 다른 얘기입니다. 수적질 또한 법으로 금하고 있고 처벌을 받고는 있지만 화포와는 전혀 다릅니다. 화포를 지니고 있다는 것은 관군을 위협할 수 있다는 것. 관에서 결코 좌시하지 않을 것입니다."

"관에서 난리를 떤 것이 어디 하루 이틀 일인가? 제풀에 지쳐 나가떨어질 테니 걱정 붙들어 매. 그리고 나 역시 계속해서 화포를 쓸 생각은 없어. 놈들만 잡으면 돼. 놈들만."

설득을 해도 전혀 먹히지 않을 것만 같은 황우의 태도를 보며 금완이 힘없이 물었다.

"다른 하나는 무엇입니까?"

잠시 망설이던 황우가 살짝 눈치를 보며 입을 열었다.

"확실해지기 전까지는 말을 하지 않으려 했는데 다른 사람도 아니고 자네라면 말을 해도 되겠지. 외부의 힘을 빌릴 생각이야."

금완의 눈이 옆으로 확 찢어졌다.

"설마 또 혈사림에 손을 벌렸단 말입니까?"

황우가 버럭 소리를 질렀다.

"나도 자존심이 있지! 그만큼 당했는데 혈사림에 도움을 청할 리는 없잖아!"

"하면 어디란 말입니까? 녹림입니까?"

"흥. 그놈들은 제 앞가림도 제대로 못하는 놈들인데 도움은 무슨."

가볍게 일축한 황우가 헛기침을 두어 번 한 뒤, 금완의 눈치를 슬쩍 보며 입을 뗐다.

"이번에 마황성 사천 분타에 사람을 보냈다."

"마… 황성이라고요?"

금완의 목소리가 분노로 덜덜 떨렸다.

"솔직히 혈사림보다는 마황성이 낫잖아. 그들의 도움을 얻을 수만 있다면 와호채 따위는 문제도 아니지."

황우는 모든 것이 잘되리라는 확신에 찬 얼굴이었다.

금완은 답답했다.

혈사림 때도 그랬지만 이건 늑대를 쫓자고 호랑이를 불러들이는 것과 다름없는 일이었다.

"혈사림의 도움을 받고 우리가 어떤 꼴을 당했는지 잊으신 겁니까? 기문채와 연산채를 비롯하여 동지들이 반기를 든 것도 따지고 보면 혈사림의 수탈 때문이었습니다."

"하면?"

황우의 눈꼬리가 매섭게 치켜 올라갔다.

"다른 방법이라도 있어?"

"그, 그건……."

"놈들에게 이대로 일심맹을 바쳐야 직성이 풀리겠어? 그걸 원하는 거야?"

"다른 방법을 찾으면 됩니다."

황우의 입술이 차갑게 뒤틀렸다.

"무슨 방법? 그리고 대체 언제? 놈들은 시시각각 우리의 목을 조여오는데 대체 언제 말이야!"

"……."

금완이 대답을 하지 못하자 황우가 높였던 언성을 가라앉히며 그를 다독였다.

"너무 걱정하지 마. 나도 바보는 아니고 혈사림에게 어떤 수모를 당했는지 똑똑히 기억하고 있어. 이번엔 결코 그런 실수는 없을 거야. 주고받는 관계. 마황성과는 딱 거기에서 선을 그을 생각이다. 그 이상도 이하도 아니니까 그런 표정 하지 말고 이번엔 나를 한번 믿어봐."

황우는 언제 화를 냈냐는 듯 만면에 미소를 띄웠다.

'아닙니다. 이건 정말 아닙니다.'

금완은 실망감 가득 찬 얼굴로 황우의 웃음을 외면하고 있었다.

*   *   *

보름에 한 번씩 중경에서 남경을 오고 가는 정기여객선 청향(淸香).

선체의 길이만 삼십 장에 폭은 칠 장에 이르는, 그 웅장한 모습에 보는 것만으로 감탄을 금치 못하게 만드는 청향호가 물줄기를 새하얗게 가르며 힘차게 전진했다.

사단으로 이뤄진 세 개의 돛대와 배의 균형을 잡기 위해 설치된 보조 돛 또한 바람을 안고 크게 부풀어 올라 있었다.

좌우로 늘어뜨린 거대한 노의 수가 무려 사십에 이르니 얼마나 많은 노꾼들이 동원되었을지 상상을 불허할 정도였다.

선상에는 아침부터 많은 이들이 여행의 막바지, 가장 기대하던 무협의 풍경을 보기 위해 나와 있었다.

그림처럼 펼쳐지는 무협의 신비로움에 곳곳에서 탄성이 터져 나왔다.

그건 반년 만에 귀향하는 당가의 사람들도 예외는 아니었다.

"몇 번을 봐도 무협의 풍경은 질리지가 않는군요."

부친을 대신하여 북경에서 크게 상단을 운영하는 당숙과 남경의 풍림장(風林莊) 장주 고희연(古稀宴)에 다녀오는 당섬(唐剡)이 안개에 휩싸인 계곡을 바라보며 연신 감탄성을 내뱉었다.

"비가 온 후라 그런지 더 신비롭구나."

당섬의 후견인 자격으로 함께 한 당학운(唐壑雲)이 안개 사이사이를 헤집고 내리쬐는 햇살에 손을 대며 말했다.

"무엇보다 좋은 건 본가가 멀지 않았다는 것이지만요."

오랜 선상 생활에 꽤나 지쳤는지 당섭은 하루라도 빨리 배에서 내리고 싶은 모양이었다.

"곧 그렇게 될 것 같구나. 운이 좋았다. 이 시기에 순풍을 만나기가 쉽지 않은데 말이다. 물을 거슬러 올라야 하는데 바람마저 역풍이었다면 적어도 수삼 일은 더 걸렸을 게다."

당학운의 말이 끝나기를 기다렸다는 듯 뒤에서 걸걸한 음성이 들려왔다.

"그렇지는 않았을 겁니다, 노사."

목소리의 주인이 꽤나 오래전부터 안면이 있던 청향호의 선장 가평(呵坪)임을 확인한 당학운이 살짝 손을 들어 아는 체를 했다.

평생을 배에서 보냈다는 가평은 뱃사람답게 육중하면서도 강인한 몸뚱이를 지니고 있었다.

"거친 물길도, 역풍도 어쩌지 못하는 것이 바로 이 청향호입니다. 수삼 일이라니요? 어림도 없는 얘깁니다."

"쯧쯧, 그놈의 자신감은 어째 세월이 지나도 조금도 변하지 않나?"

당학운이 못마땅한 듯 혀를 찼다.

"하하하, 뱃놈이 자신감없이 어찌 배를 몬답니까? 게다가 단순한 자신감이 아닙니다. 생각해 보십시오. 이 배에 탄 노꾼만 백오십입니다. 그들의 힘을 동원하면 바람이 아니라 바람 할애비가 불어와도 끄떡없습니다."

"말이나 못하면."

고개를 살래살래 흔드는 당학운을 대신해 빙그레 웃음 지은 당섬이 질문을 했다.

"그런데 얼마나 더 가면 중경에 도착하는 겁니까?"

"이 속도라면 최소한 하루 반나절은 더 가야 할 겁니다. 더 빨리 갈 수도 있긴 하지만 사람들이 삼협의 풍광을 워낙 좋아하는지라 무작정 속도를 낼 수는 없습니다, 공자."

"그렇군요. 아무튼 선장님 덕분에 편히 여행했습니다."

"무슨 말씀을요. 감사는 오히려 제가 드려야 하지요. 저 밑에서도 그랬고 수적들이 들끓는 장강삼협에서 제가 이토록 여유를 부릴 수 있는 것도 다 어르신과 공자님을 믿기 때문입니다. 흐흐흐, 낯 뜨거운 말이지만 천하명문 당가의 식솔들이 배에 탔는데 어떤 미친놈이 감히 범하려 하겠습니까? 왔다가도 납작 엎드리고 도망갈 뿐이지요."

가평이 의창에서 조금 못 미친 곳에서 함부로 배를 공격하려다 뒤늦게 당가의 존재를 알고 기겁하여 도망간 수적들을 떠올리며 웃었다.

"그게 왜 우리 때문인가? 놈들이 물러난 것은 그저 호반상련에 속한 배를 함부로 건드리기 껄끄러웠기 때문이야. 우리가 이름을 써 붙이고 다니는 것도 아닌데 어찌 알아봐."

"하, 글쎄. 아니라니까요. 틀림없이 당가가 배에 탔음을 알아봤기 때문에 도망간 겁니다."

가평은 자신의 생각을 꺾고 싶은 생각이 없는 듯했다.

"그래? 그럼 저들도 우리를 알아보는지 볼까?"

당학운이 의미심장한 표정으로 고갯짓을 했다.

무슨 소리냐는 표정으로 고개를 돌리는 가평.

호탕한 웃음과 함께 지금껏 여유를 잃지 않던 가평의 얼굴이 딱딱하게 굳었다.

"빌어먹을 수적 놈들."

빠른 속도로 접근해 오는 흑선을 확인한 가평의 입에서 욕설이 튀어나왔다.

열 살이 되기 전부터 배에 올라 지금까지 수적들에게 수십 번도 넘게 목숨을 잃을 뻔했으나 하늘의 보살핌인지 위기 때마다 어찌어찌 목숨을 부지해 온 가평이었다. 그만큼 수적들에 대한 감정은 좋지 않았다.

"삼협의 물길은 아직도 변한 게 없는 모양이군."

"예. 근래 들어 조금 잦아들기는 했지만 여전합니다. 삼협의 풍취를 갉아먹는 버러지 같은 놈들이지요."

"어찌할 생각인가?"

가평이 생각할 것도 없다는 듯 대답했다.

"놈들이 원하는 대로 해줄 생각입니다. 배도 그렇고 우선은 승객의 안전이 우선이니까요. 단, 상식적으로 용납될 수 있는 선에 한해서입니다."

"저들이 무리한 요구를 한다면? 가령 상상할 수도 없는 금액을 부른다거나……."

"호반상련의, 아니, 청향호를 지키는 호위무사들의 무서움을 알게 되겠지요."

가평이 슬그머니 당학운의 눈치를 살피며 말을 이었다.

"물론 당가의 무서움 또한 뼈저리게 겪으리라 믿어 의심치 않습니다."

"허, 거기에 왜 당가가 거론되나?"

"그냥 그렇다는 겁니다. 흐흐흐."

당학운이 정색을 하며 발을 빼려 하였지만 가평은 전혀 개의치 않았다.

당학운의 성정상 수적들이 날뛰는 것을 방관하지 않으리란 확신 때문이었다.

"이십 년이 넘게 흘렀지만 지금도 눈을 감으면 동정호에서 보여주신 어르신의 신위가 그림처럼 떠오릅니다."

"쯧쯧, 쓸데없는 소리를. 노부 또한 한때의 객기였거늘."

말똥말똥해지는 주변의 시선을 의식한 당학운이 가볍게 가평을 나무랐다.

"어르신께선 한때의 객기라 말씀하시지만 당시 수적들의 손에서 목숨을 구명받은 저나 많은 사람들은 어르신의 은공을 결코 잊지 못하고 있습니다."

"객쩍은 소리 그만하고 준비나 제대로 하게. 저들이 벌써 가까이에 왔군. 가만있자 저 깃발은 한 번도 본 적이 없는 것인데."

청향호를 향해 접근하는 흑선의 선수(船首)엔 금방이라도 뛰어오를 것만 같이 살짝 엎드린 자세의 호랑이가 그려진 깃발이 나부끼고 있었다.

"와… 호채 같군요."

가평이 약간은 자신없는 소리로 말했다.

"와호채?"

당학운이 들어보지 못했다는 표정으로 되물었다.

"저도 잘 모릅니다. 단지 근래에 저런 깃발을 표식으로 삼고 활동하는 수적들이 있다는 소문만 들었습니다. 그러고 보니 두어 달 전엔 본 상련의 상선도 놈들과 조우했다 들었습니다."

"호반상련을 건드릴 정도라면 별 볼일 없는 자들은 아닌 것 같군. 가봐야 하지 않나?"

"예. 아무튼 잘 부탁드립니다, 어르신."

그럴 리야 없겠지만 혹시나 몰라 다시금 당부를 한 가평이 선원들과 동요하고 있는 승객들을 달래기 위해 서둘러 달려갔다.

잠시 후, 배에 백기가 올라가고 유대웅을 필두로 이십여 명의 호천단원이 청향호로 건너왔다.

"후~ 곁에서도 대단했지만 배에 올라보니 더 대단하네. 이 배에 비하면 흑선은 장난감 같군."

유대웅이 주변을 두리번거리며 탄성을 내질렀다.

"흠, 흠, 채주님."

얼마 전부터 장청을 대신해 전담 수행원 역할을 하는 사도초가 헛기침을 하며 주의를 환기시켰다.

그제야 자신에게 쏠린 시선을 의식한 유대웅이 다소 과장된 몸짓으로 어깨에 걸쳤던 초천검을 바닥에 찍었다.

효과는 만점이었다.

초천검의 무게와 유대웅의 내력까지 더해지자 갑판이 뒤흔들릴 정도로 큰 진동이 울린 것이다. 물론 초천검에 찍힌 갑판은 박살이 나버렸다.

"이쯤 되면 대표자가 나서야 하지 않습니까?"

유대웅이 주변을 둘러보며 말했다. 그러자 굳은 표정을 한 가평이 한 발 앞으로 나섰다.

"내가 이 배의 선장이오."

"선장을 원한 것이 아니라 나와 협상을 할 대표자를 원했습니다만."

"승객들의 안전을 책임지고 있으니 대표자라 할 수 있소."

믿는 구석이 있는 가평은 유대웅의 큰 덩치와 그 주변에 살벌한 기세를 뿜어내고 있는 수적들과 대면하면서도 당당함을 유지할 수 있었다.

호기로운 가평의 태도에 유대웅은 내심 감탄을 했다.

　자신들 앞에서 지금껏 저토록 당당한 모습을 유지하는 사람을 본 적이 없었기 때문이었다.

　"원하는 것이 무엇이오?"

　가평이 단도직입적으로 물었다.

　"통행료."

　"흥, 누가 들으면 이 장강의 물길이 당신 것이라 여기겠소."

　가평의 힐난에 유대웅의 낯빛이 살짝 굳었다.

　엄밀히 따지면 틀린 말도 아니고 당하는 입장에서야 당연히 야유할 수도 있는 것이나 듣는 입장에선 어딘지 모르게 기분이 나빴다.

　순간적으로 말을 던진 후 아차 싶었던 가평은 가면 뒤로 느껴지는 유대웅의 변화를 읽으며 재빨리 입을 열었다.

　"얼마를 원하는 것이오? 얼마면 우리 모두를 무사히 보내줄 것이오?"

　유대웅이 콧김을 내뿜으며 고개를 돌리자 사도초가 얼른 다가와 대답했다.

　"상단이 승선하지 않은 것이 아쉽지만 이 정도 배의 규모와 승객의 수라면 꽤나 많은 이득을 볼 것입니다. 더불어……."

　이런저런 항목을 언급한 사도초가 판관이 마지막 판결을

내릴 때처럼 짧게 숨을 들이켜다가 착 가라앉은 음성으로 말했다.

"육십 냥 되겠습니다."

"유, 육십… 냥."

가평이 딱딱하게 굳은 얼굴로 사도초의 말을 읊조렸다.

덩달아 사도초의 표정도 굳어버렸다.

"유감스럽지만 에누리는 불가합니다. 나름 사정을 봐주며 가장 합리적인 액수를 뽑은 것입니다."

"그래도 육십 냥이면 너무 많지 않소?"

가평의 성난 시선은 유대웅에게 향해 있었다.

"합리적인 액수라 한 것 같습니다만."

"말도 안 되는 소리. 이건 협상을 하자는 말이 아니라 싸우자는 소리가 아닌가!"

가평의 입에서 거친 음성이 터져 나오자 긴장 속에 상황을 주시하고 있던 호위무사들이 일제히 무기를 꺼내 들었다.

그들이 무기를 꺼내 들자 유대웅의 뒤에 서 있던 호천단의 기세 또한 흉흉해졌다.

"그만."

유대웅이 손을 들자 호천단의 기세가 한층 누그러졌다.

당가의 고수들을 믿고 있어도 충돌하는 것을 원하지 않았던 가평도 호위무사들의 무기를 내리게 했다.

"솔직히 유감입니다. 이만한 규모의 배에서, 또 이 많은 승객을 태우며 오고 가는 배에서 겨우 육십 냥도 지불하지 못한다니요."

"겨우 육십 냥이라 하였소? 육십 냥이면 적어도 이만한 승객을 태우고 두어 번은 더 오고 가야 얻을 수 있는 금액이오. 저들 모두의 한 달 품삯을 합해도 열 냥이 되지 않거늘."

순간, 유대웅의 눈빛에 의혹이 깃들었다.

주고받는 말에 뭔가 중대한 오류가 있다는 생각이 들었다.

"지금 선원들 모두의 품삯이 열 냥도 되지 않는다고 말한 겁니까? 노꾼까지 포함하면 적어도 이백은 넘을 것 같은데 말입니다."

"그만해도 상당한 대우요."

가평의 대답에서 유대웅은 그들 사이에 어떤 오류가 있는지 확실하게 알 수 있었다.

"선장께서 말씀하신 것은 금… 자겠지요?"

"그, 그렇소만."

대답을 하면서 어딘지 모르게 이상하다는 생각을 하던 가평은 허탈하게 웃고 마는 유대웅의 모습에서 불현듯 느껴지는 것이 있었다.

"혹, 은자 육십 냥을 말하는 것이었소?"

"하면 설마하니 금자 육십 냥을 원하겠습니까?"

유대웅의 대답에 사도초는 비로소 뭐가 문제였는지 파악을 하곤 버럭 소리를 질렀다.

"금자 육십 냥이 동네 개새끼 이름도 아니고! 우리를 무슨 날강도로 아는 겁니까?"

'그럼 아니냐?' 라는 말이 목구멍까지 치고 올라왔지만 가평은 애써 대꾸를 하지 않았다.

처음엔 생각보다 너무 큰 액수라 착각하여 당황했지만 은자 육십 냥이라면 서로 기분 좋게 이해하고 넘어갈 수 있는 액수였다.

"이거 내가 너무 앞서 간 것 같소."

가평의 말에 유대웅이 기분 좋게 대꾸했다.

"서로 간에 오해가 있었던 모양입니다. 험한 꼴을 보기 전에 이제라도 오해가 풀려 다행입니다."

'험한 꼴' 이란 말에 가평의 얼굴이 살짝 굳긴 했어도 그 정도는 충분히 참아줄 수 있는 아량이 그에게 있었다.

곁에 있던 선원에게 돈을 가지고 오라고 눈짓을 보낸 가평이 유대웅과 수하들을 둘러보며 말했다.

"혹, 일전에도 본 상련의 배에 오른 적이 있지 않소?"

"상련이라면……."

"이 배는 호반상련에 소속된 것이오."

"아, 기억이 나는군요. 아마 질풍호로 기억됩니다만."

"맞소."

"역시 그렇군요."

유대웅이 씨익 웃었다.

그로선 잊을 수가 없었다.

삼 년의 은거를 깨고 처음으로 세상에 와호채라는 이름을 알린 것이 바로 질풍호였기 때문이었다.

조금 떨어진 곳에서 유대웅과 가평의 대화를 듣던 당섬이 고개를 갸웃거리며 말했다.

"독특한데요."

"뭐가 말이냐?"

"저 수적 두목 말입니다. 제가 지금껏 알고 있는 수적들과는 어딘지 모르게 달라요. 저 큰 덩치하며, 검도 무식할 정도로 크잖아요. 게다가 얼굴을 가린 가면까지."

"수적 중엔 자신의 얼굴을 세상에 드러내기 싫어하는 자들이 상당하지. 이런저런 이유가 있겠지만 솔직히 바른 일을 하는 것은 아니니까."

"아무튼 묘하군요. 말투나 행동거지 또한 영 수적 두목 같지 않고."

"그건 그렇구나."

당학운 또한 그 말에 부정을 할 수가 없었다.

그가 보기에도 와호채의 우두머리는 보통의 수적처럼 거칠고 험하기보다는 오히려 예의가 바르다고 할 정도였다.

게다가 은근히 신경을 거슬리게 하는 것이 그의 몸에서 신경 써서 살피지 않으면 눈치채지 못할 묘한 기운이 흘러나오고 있다는 것이었다.

"어쨌건 별 탈 없이 끝나서 다행입니다. 만만한 상대가 아닌 것 같았는데."

"저들의 요구가 과하지 않았기에 그런 것이지. 그리고 선장이 제대로 판단을 했구나. 만약 싸움을 했다면 피해가 꽤나 컸을 것이다. 무슨 놈의 수적들의 기세가 저리 날카로운지."

당학운은 애써 살기를 거두고 있음에도 불쑥불쑥 드러나는 호천단의 기세에 놀라움을 감추지 못하고 있었다.

"조만간 인근 물길의 판도가 달라지겠어."

"그 정도입니까?"

당섬이 깜짝 놀라 되물었다.

"느껴지지 않느냐? 저들은 단순한 수적들이 아니다. 이미 그런 수준을 벗어났어."

진지하게 호천단을 살피던 당섬이 고개를 끄덕였다.

"예. 알 것 같기도 하네요."

"와호채라. 기억해 둬야 할 것 같구나. 본가는 둘째 치고 본가와 연관된 사람들과 꽤나 부딪치겠다."

당가와 밀접한 관계를 맺고 있는 표국과 상단 몇을 떠올린 당학운이 염려스런 표정을 지었다.

당섬이 어림없다는 듯 고개를 흔들었다.

"설마하니 본가를 무시하고 그들을 건드릴려구요. 요 몇 년간 수적들이 그 난리를 피워도 본가와 연관된 곳의 배는 단 한 번도 피해를 보지 않았습니다."

말을 하는 당섬의 음성엔 어딘지 모르게 자부심이 깃들어 있었다.

"상황은 늘 변하는 것이지. 바로 지금처럼."

당학운이 갑자기 손을 들어 당섬의 뒤편을 가리켰다.

손을 따라 고개를 돌린 당섬은 와호채의 흑선을 향해 맹렬하게 달려드는 작은 배 한 척을 볼 수 있었다.

때마침 요란한 경적 소리가 흑선과 청향호에 울려 퍼졌다.

"뭐, 뭐야!"

"저, 저 미친놈!"

"막아!"

흑선에 남아 있던 와호채의 수적들이 미친 듯이 돌진하는 배를 보며 어떻게든 막아보려고 발악을 했지만 청향호에 밧줄과 사다리를 연결한 상황에서 정작 그들이 할 수 있는 것이라곤 아무것도 없었다.

꽝!

요란한 소리와 함께 옆구리를 받힌 흑선이 크게 흔들렸다.

청향호마저 흔들릴 정도로 충돌의 여파는 대단했다.

"모두들 무사한 거냐?"

유대웅이 다급히 물었다.

"꽤, 괜찮은 것 같습니다."

누군가의 대답에 안도를 한 유대웅이 다시 물었다.

"배의 상태는 어때? 설마 이대로 침몰하는 것은 아니겠지?"

유대웅의 물음에 고개를 빼고 흑선을 살피던 사도초가 어두운 표정으로 대답했다.

"잘 모르겠습니다만 옆구리를 제대로 받힌 것 같은데요. 부딪친 배가 작기는 해도 저만하면……."

"군사하고 총관이 알면 날 죽이려고 하겠군."

삼 년 전, 자신이 훼손시킨 흑선을 복구하기 위해 꽤나 많은 돈이 들어갔음을 떠올린 유대웅의 얼굴이 일그러졌다.

"죽었어!"

"예?"

"너 말고, 저 미친놈 말이야."

그제야 고개를 돌린 사도초는 흑선으로 뛰어오르는 괴인을 볼 수 있었다.

흥분할 대로 흥분한 와호채의 수적들은 배 위로 올라온 괴인을 재빨리 포위하며 금방이라도 쳐 죽일 기세였다.

그런데 정작 포위를 당한 괴인은 태연자약했다.

천천히 고개를 돌리며 누군가를 찾는 듯한 모습을 보이더니 청향호에 있는 유대웅과 눈이 마주쳤다.

"아항, 거기에 있었군."

괴소를 터뜨린 괴인이 유대웅을 향해 걸음을 옮겼다.

그를 포위하고 있던 와호채의 수적들은 공격을 하지 않았다. 이미 그의 움직임을 막지 말라는 유대웅의 수신호를 본 것이다.

"두목에 감사해라. 아니었으면 모조리 죽었을 거다."

구릿빛 피부와는 전혀 어울리지 않게 하얀 치아를 드러내며 으르렁거린 괴인이 청향호에 올랐다.

유대웅이 날카로운 눈으로 괴인을 훑어보며 물었다.

"오랜만이군. 묘왕채의 채주 호태… 뭐더라?"

"호태악이다! 그동안 얼마나 찾아 헤맸는지 모른다. 잘 있었느냐?"

호태악이 유대웅을 보며 살가운 미소를 흘렸다.

하지만 그 자리에 있는 누구라도 그 웃음에 깃든 살기를 느낄 수 있을 정도였다.

"한 대 가지곤 부족했나? 흠, 아무래도 조금 더 맞아야 정신을 차릴 모양이군."

얄미울 정도로 능글대는 유대웅의 웃음에 호태악이 손에 든 한 쌍의 도끼를 꽉 움켜잡았다.

머리부터 손잡이까지 한 자 반 정도 되는 도끼는 제대로 날이 벼려져 있었지만 유대웅이 들고 있는 초천검에 비교되어 어딘지 모르게 앙증맞아 보였다.

유대웅 또한 그런 생각을 하는 것인지 실소를 터뜨렸다.

"그땐 아마 칼을 들고 있었던 것 같은데. 아닌가? 무기가 바뀐다고 실력까지 바뀌는 것은 아니야. 게다가 이토록 무시무시한 무기라니."

곳곳에서 웃음이 터져 나왔다.

오직 당학운만이 괴인이 든 도끼에 시선을 빼앗기고 있었다.

'아니, 바뀔 수 있다. 저 도끼가 노부가 생각하는 그 무기가 맞다면 틀림없이 바뀐다.'

당학운의 생각을 증명이라도 하듯 호태악의 전신에선 묘한 자신감이 뿜어져 나오고 있었다.

"그때의 실력이 본좌의 전부라고 생각하면 큰 오산이다."

"아니면?"

"그저 기습을 당했을 뿐이다."

"기습에 당한 것도 실력이다."

"방심… 을 했다."

호태악의 음성이 살짝 떨렸다.

무인으로서 방심은 그 어떤 말로도 용납되지 않는 것. 그 스스로도 부끄러운지 낯빛이 살짝 붉어졌다.

"방심을 했다? 한심한 얘기를 하고 있군. 그러고 보니 요 근래에 많이 들은 얘기기도 하군."

잠시 생사림에 남아 있는 백호대를 떠올린 유대웅이 호기롭게 손뼉을 쳤다.

"좋아. 한 번 더 기회를 주지. 이번엔 방심하지 말고 제대로 해봐."

유대웅의 말이 끝나기가 무섭게 주변의 수하들이 일제히 물러나며 자리를 만들었다.

"그 웃음, 금방 후회하게 만들어주마. 자, 덤벼라."

호태악이 양손에 도끼를 꼬나 쥐고 소리쳤다.

유대웅이 어이없다는 표정을 지었다.

"선공을 양보한다는 거냐?"

"본좌 사전에 선공은 없다."

당당하게 외치는 호태악을 보며 유대웅은 왠지 모르게 화가 치솟았다.

"선공을 양보할 수 있는 건 상대보다 존장이거나 압도적으로 강하다는 자신감이 있을 때뿐이다."

"그러니까."

"뭐라?"

"내 분명히 말했다. 그때는 실수였다고. 믿지 못하겠거든 본좌를 꺾어봐라. 물론 그럴 리야 없겠지만 본좌가 패하면 네놈에게 형님이라 불러주지."

호태악이 도끼를 까딱이며 도발을 해오자 유대웅은 더 이상 참지 않았다.

"그놈의 본좌 타령은! 그리고 너같이 늙은 동생 따윈 필요 없다!"

차갑게 외친 유대웅이 초천검을 곧추세웠다.

초천검의 웅장한 모습을 보는 호태악의 눈매가 가늘어졌다.

이미 초천검의 무게가 어떠한지 직접 겪은 그였다.

그런 무식한 검을 나뭇가지처럼 흔들어대는 유대웅의 용력은 능히 짐작할 수 있었다. 또한 검에서 뿜어져 나올 무지막지한 힘까지.

유대웅이 초천검을 움직였다.

움직였다 싶은 순간, 검은 이미 호태악의 정수리를 내려치고 있었다.

그야말로 전광석화와도 같은 움직임이었다.

설마하니 초천검과 같은 거검을 가지고 그토록 빠른 쾌검을 구사할 줄은 몰랐던 호태악의 눈에 당혹감이 깃들었다.

놀란 만큼 동작은 재빨랐다.

꽝!

도끼를 교차하여 초천검을 막아낸 호태악은 전신을 짓누르는 압박감에 기겁을 했다.

어느 정도 예상은 했지만 초천검에 실린 힘은 도저히 인간의 것이라고 할 수 없을 정도로 엄청났다.

'게다가 아직 내력이 제대로 실리지 않았는데 말이지.'

순수한 힘에 의해 휘둘러지는 초천검과 그 초천검에 담긴 거력에 기가 질릴 수밖에 없었다.

자존심 때문에 괜시리 들이댔다는 후회감이 물밀듯이 밀려들었다.

그러나 그때의 망신적인 패배로 묘왕채는 박살이 났고 수하들이라곤 고작 십여 명뿐이었다.

그 모든 일의 원흉이 눈앞에 있었다.

'바로 네놈 때문에.'

한쪽 무릎까지 꿇은 상태에서 힘들게 버티던 호태악의 눈빛이 변한 것은 순식간이었다.

호태악이 몸을 뒤로 빼며 도끼를 거두자 순간적으로 중심을 잃은 유대웅의 몸이 살짝 흔들리고, 그 틈을 놓치지 않고 수세에서 벗어난 호태악의 도끼가 허공을 갈랐다.

수평으로 맹렬히 회전을 하며 달려드는 도끼의 속도는 가공할 정도였다.

유대웅은 미간을 향해 짓쳐드는 도끼에 본능적으로 고개를 돌렸다.

도끼날에 잘린 머리카락이 허공에 흩날리고 도끼는 유대웅을 지나쳐 뒤편의 돛대에 깊숙히 박혀 버렸다.

끼끼끼끼.

도끼에 찍힌 돛대가 요란한 소리를 내며 기울어졌다.

사람들의 시선이 돛대로 향할 때 호태악의 손에 들렸던 나머지 도끼가 유대웅을 향해 날아갔다.

도끼의 무서움을 보았던 유대웅은 초천검을 들어 침착히 맞서 나갔다.

챙!

초천검에 부딪친 도끼가 힘없이 튕겨져 나가는 듯하다가 갑자기 방향을 바꿔 왼쪽 엉치를 찍어왔다.

엉치는 인간의 신체 구조상 방어하기가 꽤나 까다로운 곳이었다.

생각지도 못한 반격에 잔뜩 인상을 찌푸린 유대웅의 몸이 그야말로 환상적으로 흔들렸다.

난화보였다.

대성을 이룬 유대웅의 난화보는 눈으로 따라잡기 힘들 정도였다.

호태악이 이후 몇 번이나 도끼를 날리며 유대웅을 잡으려 했으나 번번이 허공을 가를 뿐이었다.

호태악의 첫 번째 공세는 그렇게 끝이 나는 것 같았다.

싸움을 지켜보는 누구라도 그렇게 생각했다.

바로 그때였다.

난데없는 파공성과 함께 유대웅의 뒤통수를 노리는 도끼가 있었다.

조금 전, 돛대에 박혔던 도끼였다.

"헛!"

유대웅은 당황했다.

그것은 시작에 불과했다.

후미에서 짓쳐들던 도끼를 피하자 전면에서 도끼가 날아들고 그것까지 피해내자 이번엔 두 개가 서로 교차해 가면서, 마치 교미를 앞둔 한 쌍의 나비가 서로를 유혹하듯 얽히고설키면서 유대웅을 노렸다.

그 움직임이 어찌나 화려하고 변화무쌍한지 도무지 예측할 수가 없었다.

난화보를 시전하며 연거푸 위기에서 벗어났지만 유대웅에게 딱히 반격의 실마리는 보이지 않았다.

第二十二章
의기상인(意氣傷人)

"역시 노부의 생각이 맞았구나."

당학운이 호태악과 현란하게 움직이는 도끼를 보며 고개를 끄덕였다.

"아는 자입니까?"

당섭이 물었다.

"아니다. 내가 아는 사람은 저 아이가 아니라 그의 사부 정도가 되겠구나."

"사부요?"

"그래. 사천에서 꽤나 유명한 사람이었으니 너도 한 번쯤은 들어보았을 것이다. 괴존쌍부(怪尊雙斧)라고."

"괴존··· 쌍부요?"

"그래. 내 눈이 틀리지 않았다면 저 아이가 사용하는 무공은 괴존쌍부의 쌍룡비무(雙龍飛舞)가 틀림없다. 너무 살기가 짙고 독랄하여 흔히들 쌍룡이 아니라 쌍사라 부르곤 하지만 위력만큼은 천하일절이라 인정받을 만큼 대단하지. 화후를 보니 괴존쌍부만큼은 아니더라도 상당한 실력을 쌓은 것 같구나."

어지간해선 별다른 반응을 보이지 않는 당학운의 입에서 상대에 대한 칭찬이 흘러나오자 당섬은 새삼스럽다는 눈길로 호태악을 응시했다.

당학운이 인정할 만큼 호태악의 실력은 상당했다.

무엇보다 생명이 깃든 것처럼 서로 호응하며 유대웅을 압박하는 도끼의 움직임은 경악할 만한 것이었다.

"대단한 내력을 지닌 것 같네요. 마치 이기어검(以氣馭劍)을 시전하듯 쌍부를 움직이다니요."

당섬이 감탄해 마지않는 눈길로 칭찬을 했지만 당학운은 고개를 흔들었다.

"저 쌍부는 기로 움직이는 것이 아니다."

"예?"

"너무도 투명해서 눈치를 채기 쉽지 않지만 자세히 보면 쌍부의 손잡이와 저 친구의 손이 하나의 줄로 연결된 것이 보일 것이다."

"그, 그런가요?"

그러나 연신 눈을 꿈뻑이며 살펴봐도 잘 확인이 되지 않았다.

"은린거주(銀鱗巨蛛)의 몸에서 나온 거미줄을 꼬아서 만든 것이라는데 눈에 보이지 않을 정도로 투명하고 얇지만 질기기가 고래 심줄보다 더하다고 하더구나. 솔직히 노부도 소문으로만 들었을 뿐 직접 본 것은 오늘이 처음이다."

"그런 것도 같네요."

당학운의 말을 들은 당섬은 호태악이 정말 뭔가를 조종하고 있다는 느낌을 받았다.

"이제 곧 승부가 날 듯도 싶은데요."

당섬은 제대로 반격도 하지 못하고 피하는 데 급급한 유대웅의 모습을 보면서 약간은 실망하는 표정을 지었다.

처음 그를 보았을 때 느꼈던 묘한 힘은 자신의 착각이란 생각이 들었다.

당학운의 생각은 달랐다.

"과연 그럴까?"

당섬이 고개를 갸웃거리자 당학운이 다소 곤혹스런 표정을 지으며 말을 이었다.

"묘하구나. 참으로 묘해."

"뭐가요?"

"저 친구가 쓰고 있는 보법 말이다. 아무래도 익숙하거든."

"보법이요?"

당섬의 시선이 유대웅에게 향했다.

그토록 매섭게 몰아치는 쌍부를 별다른 피해 없이 피해내는 움직임을 보면 과연 훌륭한 보법이란 생각이 들었다. 하나, 그게 전부였다.

"어딘지 모르게 난화보와 비슷해."

"난화보면… 혹, 화산파의 난화보를 말씀하시는 겁니까?"

"그래. 그런데 확신은 하지 못하겠구나. 미묘하게 다른 것 같기도 하여서."

당학운이 미간을 찌푸렸다.

"설마요. 한낱 수적이 어찌 화산파의 무공을 익힐 수 있단 말입니까?"

"그거야 알 수 없는 것이지. 어떤 인연이 있을지는 아무도 모르는 것이니까. 어쨌건 이대로 승부가 끝나지는 않을 게다."

"저렇게 몰려서야 어디 반격이나 할 수 있을까요?"

"몰린 것으로 보이느냐? 내가 보기엔 몰렸다기보다 상대에게 마음껏 실력을 펼치라고 유도하는 것 같구나."

"목숨을 걸고요?"

"보거라. 네 말대로 저토록 위급한 상황인데 표정을 보니 마치 어린아이 장난이라도 받아주듯 흥미진진한 표정이 아니더냐."

당학운의 말대로였다.

당섭은 자신이 유대웅의 상황에 처했을 때 과연 저런 표정을 지을 수 있을지 가늠해 보았다. 어림없는 일이었다.

"하면 실력을 감추고 있었단 말입니까?"

"감춘 적은 없다. 네가 그냥 그리 느낀 것이지. 저 녀석은 이 배에 올라왔을 때부터 다른 이들과는 달리 상당한 존재감을 보여줬어. 보거라. 우두머리가 저리 몰려 있는데도 수적들의 표정엔 일말의 동요도 없다. 이는 그에게 절대적인 믿음을 가지고 있지 않는 한 불가능한 일이야."

"그렇군요."

호천단의 기색을 살피던 당섭은 이해를 했다는 듯 고개를 끄덕였다.

"녀석의 움직임이 조금 더 빨라지는 것을 보니 아마도 싸움을 끝낼 생각인 것 같다."

당학운의 말대로 유대웅의 움직임이 더욱 빠르고 현란하게 변해갔다.

그럴수록 그를 쫓는 쌍부의 움직임 또한 놀랄 만큼 맹렬했지만 유대웅을 잡지는 못했다.

"헛, 저것은!"

어느 순간, 당학운의 눈이 경악으로 물들었다.

"매화삼십육검? 화산파?"

깜짝 놀란 음성이 청향호에 울려 퍼지고 호태악을 몰아붙이던 유대웅은 난데없이 들려온 외침에 아차 싶었다.

최악의 상황.

설마하니 화산파의 검법을 알아볼 만한 고수가 청향호에 있을 줄은 생각도 못했다.

더구나 지금껏 호태악의 공격을 피하기 위해 사용한 보법이 바로 난화보였으니 빼도 박도 못하는 상황이었다.

상황의 심각성을 깨달은 유대웅은 그 즉시 검법을 바꿨다. 매화삼십육검 대신 패왕칠검을 사용하기 시작한 것이다.

당황한 것은 유대웅뿐만이 아니었다.

호태악은 너무도 어이가 없었다.

한참이나 수세에 몰려 있던 유대웅의 검이 기묘하게 움직이는가 싶더니 순식간에 자신을 몰아붙이는 것이 아닌가. 게다가 이어지는 검법은 지금껏 듣도 보도 못한 패도적인 검법이었다.

과연 눈앞의 인물이 지금껏 자신에게 시달림을 받은 유대웅 본인이 맞는지조차 의심이 될 정도였다.

주변을 휘몰아치는 검풍과 살벌한 압박감을 견디며 호태악은 자신이 쓸 수 있는 최고의 무공으로 유대웅의 공세에 대항했지만 재차 반격을 하기엔 유대웅에게 보여준 것이 너무도 많았다.

호태악이 어떤 식으로 공격을 하고 방어를 하는지 유심히 살핀 유대웅은 그의 움직임을 서너 수 앞서 내다보곤 철저하게 압박을 하여 움직임을 축소시켜 버렸다.

호태악의 움직임이 차단되니 그의 의지에 따라 춤을 추어야 할 쌍부 역시 그토록 날카롭고 현란했던 움직임이 사라져 버렸다.

그렇게 십여 초가 지나고 마침내 호태악은 입에서 피를 뿜으며 무릎을 꿇고 말았다.

무릎 아래 유대웅을 괴롭혔던 쌍부가 안쓰럽게 떨어져 있었다.

"져, 졌다."

호태악이 차마 떨어지지 않는 입으로 패배를 선언했다.

"뭔가 이상하지 않아?"

패배를 인정하는 호태악을 물끄러미 바라보던 유대웅이 사도초에게 고개를 돌리며 말했다.

"무슨 말씀이신지."

"묘왕채에 대한 조사가 잘못된 것 같아서 말이야."

"그, 글쎄요."

당황한 사도초가 품에서 조그만 책자 하나를 꺼내 들었다. 그리곤 급히 몇 장을 넘기는가 싶더니 묘왕채에 대한 기록을 확인하며 읽기 시작했다.

"묘, 묘왕채. 향계하(香溪河)를 중심으로 사대째 이어오는, 서능협을 대표하는 수채입니다. 과거 일심맹이 일어서는 데 상당한 기여를 했으며 그 규모는……."

사도초는 이후에도 한참이나 묘왕채의 이모저모에 대해 설명을 하다가 석 달 전 전대 채주의 셋째 아들이 채주위를 물려받았다는 것을 끝으로 책장을 덮었다.

"다 좋다 이거야."

유대웅이 고개를 갸웃거렸다.

"그런데 어째서 저놈의 무공에 대해선 일언반구도 없지? 솔직히 저만한 실력이면 와호채에서도 일대일로 겨룰 수 있는 사람은 몇 없을 정돈데."

"그, 그것이……."

사도초가 뭐라 대꾸를 하지 못할 때, 고개를 숙이고 있던 호태악이 머리를 쳐들었다.

"제법 자세히 조사한 것을 보면 처음부터 우리 묘왕채를 노린 것이군. 그런데 정작 본좌에 대한 조사는 제대로 되어 있지 않으니."

"뭐가 말이냐?"

"현 묘왕채의 채주는 셋째 아들이 아니라 넷째 아들이라는 것. 미혼향에 중독되어 접시 물에 코 박고 죽은 병신 같은 형이 아니라 그 동생이라는 것을 말이다."

"동… 생? 하면 네가 호태악이 아니란 말이냐?"

호태악이 한심하다는 듯 유대웅을 쳐다보았다.

"본좌가 호태악인 것은 맞다. 다만 묘왕채의 셋째 아들이 아니라 넷째 아들이다. 채주가 된 것도 얼마 되지 않았고."

퉁명스럽게 대꾸하기는 해도 어딘지 모르게 말투며 태도가 변해 있었다.

유대웅도 그것을 느꼈는지 고개를 갸웃거렸다.

"기가 죽은 것을 보니 이제야 패배를 인정하는 모양이로구나. 목숨이 아까운 모양이지? 걱정하지 마라. 이 몸은 꽤나 아량이 있는 사람이니까. 아, 그전에 약속은 지켜야지?"

"야, 약속이라니?"

"패하면 형님이라 부른다고 한 것 같은데."

"……"

호태악이 입술을 질끈 깨물며 한참을 갈등하자 피식 웃은 유대웅이 손을 내저었다.

"됐다. 이건 뭐, 영감한테 형님 소리를 듣는 격이니."

"뒈지고 싶지 않으면 말조심해라! 본좌가 겉은 이래도 그리 나이를 먹진 않았다!"

호태악이 발끈하여 소리치자 유대웅이 자신도 모르게 물었다.

"몇인데?"

"본좌 나이 올해로 스물다섯이다."

"말도 안 돼!"

모든 이들의 입에서 동시에 터져 나온 말이었다.

호태악의 외모는 아무리 젊게 봐줘도 삼십대였다.

이마에 잡힌 주름이며, 거무죽죽한 피부, 눈 밑에 핀 검버

섯을 감안하면 사십대라 해도 무방할 정도였다.

"아가리들 닥치지 못해! 본좌가 미친 사부 밑에서 개고생을 하여 이리 변하긴 하였지만 올해로 스물다섯인 것은 틀림없다."

"나 원."

여전히 믿기 힘든 말이었지만 본인 스스로 그렇다고 주장하는데 딱히 반박을 할 수가 없었던 유대웅은 결국 손사래를 쳤다.

"됐다. 스물다섯이건 사십이건 상관없어. 난 나보다 나이 많은 동생을 두고 싶은 마음은 없으니까."

그러자 오히려 깜짝 놀란 것은 호태악이었다.

"설마 네가 본좌보다 나이가 적단 말이냐?"

호태악이 믿을 수 없다는 표정을 짓자 이번엔 유대웅이 버럭 화를 냈다.

"설마는 무슨! 며칠 지나면 스물셋이 되기는 하지만……."

"서른셋을 착각하는 건 아니고? 아무리 가면으로 얼굴을 가렸다 해도 다 감출 수는 없다."

"……."

유대웅이 말없이 노려보자 호태악이 찔끔하여 말을 돌렸다.

"크크크, 그리고 보니 네놈도 본좌와 같은 과였구나. 본좌처럼 고생을……."

말은 이어지지 않았다.

처음 호태악을 만났을 때처럼 유대웅의 주먹이 그의 얼굴에 작렬했기 때문이었다.

또다시 배의 난간을 부수며 강물로 추락하는 호태악을 보며 유대웅이 소리쳤다.

"저 자식 당장 생사림으로 데려가! 본좌고 나발이고 밑에 두고 아주 제대로 굴려주지!"

치미는 화를 참지 못하고 흥분을 했던 유대웅은 호천단 몇이 강물에 뛰어들어 호태악을 흑선에 태우는 것을 본 뒤에야 마음을 가라앉혔다.

"이거, 못난 꼴을 보였습니다."

빙글 몸을 돌린 유대웅이 상황을 어찌 정리해야 할지 몰라 당황하고 있는 가평에게 살짝 고개를 숙였다. 그리곤 그의 손에 들린 돈주머니와 처참하게 부서져 버린 돛대, 갑판을 번갈아 바라보다 한숨을 내쉬었다.

"생각보다 피해가… 험, 통행세는 받은 것으로 하지요."

"후~ 알겠소이다."

가평이 한숨을 내쉬며 고개를 끄덕였다.

엄밀히 따지자면 유대웅이 청향호에 입힌 손해는 은자 육십 냥에 비할 바가 아니었다.

세 개의 돛대 중 하나가 부러졌으며 치열하게 벌어진 싸움 덕에 갑판은 그야말로 난장판이 되어버렸다.

얼마나 많은 부분이 부서지고 파였는지 어디서부터 손을 대야 할지 난감할 지경이었다. 그나마 운항에는 지장이 없다는 것이 다행이라면 다행이었다.

"앞으로 자주 보게 될 겁니다. 그때도 서로 얼굴 붉힐 일이 없었으면 좋겠군요."

대답할 가치를 느끼지 못해 입을 다물려던 가평은 그래도 좋은 게 좋은 것이라 여기며 짧게 대꾸했다.

"과욕만 없다면."

"물론입니다. 그럼 이만."

빙글 몸을 돌린 유대웅이 호천단을 향해 손짓을 했다.

호천단은 그들이 단순한 수적들이 아니라는 것을 과시라도 하듯 절도있는 움직임으로 명을 받았다.

바로 그때였다.

지금껏 제삼자의 입장에서 유대웅을 관찰하던 당학운이 갑작스레 전면에 나섰다.

"자네, 잠시 나 좀 보지."

청향호를 떠나려던 유대웅의 몸이 그대로 굳었다.

단순히 자신을 부르는 목소리 때문은 아니었다.

주변을 묘하게 옭아매는 기운에 전신의 감각이 위험신호를 보낸 것이다.

유대웅이 천천히 몸을 돌렸다.

어느새 당학운은 유대웅 앞에 뒷짐을 지고 한가로이 서 있었다.

"그렇게 긴장할 필요는 없네. 싸우자고 부른 것은 아니니까."

당학운의 웃음에 유대웅도 긴장한 얼굴을 풀었다.

"이런 곳에 고인께서 계실 줄은 몰랐군요."

"고인은 무슨. 그저 하루하루 세월만 축내는 별 볼일 없는 늙은이일 뿐이라네."

당학운이 너털웃음을 지으며 말을 했지만 유대웅은 절대로 믿을 수가 없었다.

별 볼일 없는 늙은이로부터 이런 허허로운 기운이, 마치 모든 것을 달관한 듯한 여유로움이 나올 수는 없으니까.

때마침 사도초가 곁으로 다가오더니 조용히 몇 마디 말을 전했다. 유대웅의 얼굴이 살짝 굳었다가 다시 펴졌다.

"실수를 했군요. 설마하니 청향호에 당가의 식솔들이 승선했을 줄은 몰랐습니다."

유대웅이 자신들의 정체를 알아보았지만 당학운은 별다른 동요를 하지 않았다.

조금만 눈썰미가 있는 사람이라면 팔소매 끝에 조그맣게 당가의 식솔임을 알리는 표식이 되어 있는 것을 눈치챌 수 있을 터였다.

"다들 그런 말들을 하곤 하지. 하지만 신경 쓰지 말게. 굳이 알리고픈 마음은 없었으니까. 개인적으로 흥미로운 일만 아니라면 이렇게 나서지도 않았을 터이니."

"흥미로운 일이라니요?"

"방금 전, 내 눈이 틀리지 않았다면 자네가 사용한 무공이 화산의 난화보와 매화검법인 것 같은데. 아닌가?"

당학운은 질문을 던지면서 유대웅의 반응을 꼼꼼히 살폈다.

하나, 그가 자신을 불러 세울 때부터 그런 질문을 예상하고 있던 유대웅은 태연스레 대꾸했다.

"훗, 어울리지 않는 말을 하시는군요. 수적과 화산파라… 그림이 그려진다고 생각하십니까?"

"노부 또한 노부의 질문이 이상하다는 것은 아네. 하지만 말이지, 무인으로서의 본능이 자꾸만 의문을 제기하니 영 마음에 걸려서 말이야."

"아니라고 말씀드렸습니다. 더불어 제가 노선배의 의문을 해결해 줄 의무까지는 없다고 생각합니다만."

"평소라면 당연히 그렇겠지. 그러나 지금은 상황이 조금 다르다고 생각하네만."

"무슨 뜻입니까?"

유대웅이 차갑게 물었다.

"자네, 와호채라고 했던가? 아무튼 와호채는 본가를 무시했어."

의도한 것인지 아니면 정말 그런 것인지 당학운의 눈가에 한기가 깃들었다.

"본가의 식솔들이 승선하고 있는 배를 노리다니 말이야. 감히 상상도 할 수 없는 일이 벌어진 게야."

"그래서요?"

"지금껏 본가를 무시하고 무사한 자들은 없었네."

"핑계 한번 구차하군요."

"핑계?"

당학운의 눈썹이 절로 치켜 올라갔다.

"차라리 그냥 네 무공이 의심스러우니 한번 붙자. 이렇게 말하는 것이 좋았을 거라는 말입니다. 괜히 온갖 구차한 이유 붙이지 말고."

"뭐라?"

노한 얼굴로 유대웅의 얼굴을 쏘아보던 당학운이 언제 화를 냈느냐는 듯 빙그레 웃음 지었다.

"네 말이 맞다. 구차한 행동을 했구나."

당학운은 깔끔하게 자신의 행동을 인정했다. 그리곤 다시 말했다.

"노부와 한번 붙어볼 테냐?"

"거부하면 어찌 됩니까?"

유대웅의 물음에 긴장된 표정으로 서 있는 호천단에 잠시 시선을 두던 당학운이 무심한 어조로 대답했다.

"다 죽겠지."

순간, 호천단원들은 자신도 모르게 몸을 부르르 떨었다.

당학운의 말이 결코 허언이 아님을, 그리고 그가 원하면 정말 그렇게 되리라는 것을 느낀 것이다.

"해보시지요. 대신 반드시 성공해야 할 겁니다. 아니면……."

"아니면?"

유대웅이 당학운을 똑바로 응시하며 말했다.

"당가라는 이름이 지워질 겁니다."

오만함이 하늘을 찌르는 유대웅의 대답에 갑판은 그야말로 난리가 났다.

"뭣이!"

"네놈이 감히!"

흥미진진한 모습으로 지켜보던 당가의 식솔들이 흥분하여 당장 공격할 듯 성을 냈고 팔짱을 끼고 있던 가평 또한 입을 쩍 벌렸다.

"미… 미친!"

설마하니 천하의 당가를 지워 버리겠다고 선언하는 수적이 있을 줄은 상상도 하지 못한 것이다.

"보잘것없는 실력만 믿고 간이 배 밖으로 나왔구나! 수적 나부랭이가 어디서 헛소리를 지껄이느냐? 당장 네놈의 목을 잘라 본가의 위엄을 되찾을 것이다!"

당섭이 풍림장의 장주로부터 선물로 받은 보검을 꺼내 들며 소리쳤다.

"할 수 있으면 해보던가."

조용히 대꾸하는 유대웅의 전신에서 무시무시한 기세가 뿜어져 나오기 시작했다.

화산에서 하산한 이후, 처음으로 전력을 드러낸 그의 위세는 가히 압도적이었다.

그의 몸에서부터 뿜어져 나온 기파가 갑판을 휩쓸기 시작했다.

바람 한 점 없는 맑은 날임에도 일진광풍이 불어닥쳤고 그를 중심으로 거센 회오리가 몰아쳤다.

유대웅이 초천검을 당섬을 향해 들었을 때 기세는 극에 이르렀다.

당섬은 유대웅의 기세에 눌려 숨조차 제대로 쉬지 못하고 끅끅거리다가 초천검이 그에게 겨누어지는 시점에선 온몸이 갈기갈기 찢기는 듯한 고통에 처절하게 몸부림쳤다.

"지나치다."

당학운이 당섬 앞을 막아서며 유대웅의 기운을 차단했다.

비로소 유대웅이 뿜어낸 기세에서 벗어난 당섬은 피를 토해내며 그대로 바닥에 주저앉았다.

만약 당학운이 재빨리 끼어들어 유대웅의 기세를 끊지 않았다면 당섬은 그대로 목숨을 잃었을지도 몰랐다.

"운이 좋군."

유대웅이 코웃음을 쳤다.

"자신의 말에 책임을 질 줄 모르는 자는 검을 들 자격이 없다."

조롱에 가까운 힐난에도 당섬은 입을 열지 못했다.

그의 말을 반박하기엔 그가 처한 상황이 너무도 비참했다.

"의기상인(意氣傷人)의 경지라니. 놀랍군."

의기상인의 경지라면 그 실력이 최절정에 이르렀다는 것.

유대웅의 실력이 그 정도에 이르렀을 줄은 미처 생각하지 못했던 당학운은 상당히 충격을 받은 얼굴이었다.

"아직도 저와 싸울 생각입니까?"

유대웅의 물음에 잠시 생각에 잠겼던 당학운이 고개를 흔들었다.

"이미 실력을 보았으니 싸운 것이나 다름없지."

"의심은 풀었습니까?"

"흡족하지는 않지만 어느 정도는."

여전히 의심은 풀지 않겠다는 태도에 유대웅이 인상을 찌푸렸다.

"더 이상 볼일이 없으시면 돌아가겠습니다."

"고생들 하시게."

자존심이 하늘을 찌른다는 당가가 선선히 보내주는 것도 그렇고, 당학운의 웃는 얼굴도 마음에 걸렸지만 애써 무시한 유대웅이 가볍게 예를 표한 뒤 당섬을 한 번 노려보곤 몸을 돌렸다.

호천단이 기세등등한 얼굴로 그의 뒤를 따랐다.

유대웅과 호천단이 흑선으로 넘어간 뒤, 청향호와 연결된 밧줄과 사다리가 거둬졌다.

힘겹게 몸을 일으킨 당섬이 당학운의 곁으로 다가왔다.

"이, 이대로 보내야 하는 겁니까?"

"아니면?"

"놈은 본가를 모욕했습니다. 한낱 수적 따위가 감히 당가를 모욕했단 말입니다. 이대로 보내면 본가의 체면이……."

"놈의 말을 듣지 못했느냐? 당가를 지우겠다고 하지 않더냐?"

당학운이 농담처럼 읊조리자 당섬이 언성을 높였다.

"작은할아버님!"

"쯧쯧, 놈에게 그리 당하고도 아직 정신을 차리지 못한 게냐? 그자는 한낱 수적이라 칭할 인물이 아니야. 설사 그렇다해도 그 자리에 머물 인물도 아니고."

혀를 차며 당섬을 책망한 당학운이 말을 이었다.

"본가의 체면을 세우자고 했느냐? 무슨 방법으로?"

"예?"

순간적으로 이해를 하지 못한 당섬이 두 눈을 동그랗게 치켜떴다.

"너를 압박하던 녀석의 기세를 해소하면서 느낀 것인데 말이다. 놈의 실력은 어쩌면 노부를 능가할지도 모른다는 생각이 들었다."

"서, 설마요."

당섬이 믿을 수 없다는 표정으로 고개를 흔들었다.

"순수한 실력으로 그럴 것 같다는 말이다. 하지만 막상 싸운다면 쉽게 지지는 않을 것이다. 노부에겐 녀석이 지니지 못한 특기가 있으니 말이다. 뭐, 녀석도 금방 알게 되겠지."

당학운은 의미심장한 미소를 지으며 겨우 중심을 잡고 힘겹게 나아가는 흑선을 바라보았다.

*   *   *

의창에서 악양, 무한에 이르는 장강의 물길을 한 손에 휘어잡고 있는 녹수맹(綠水盟)은 동정호 군산(君山)에 그 본진을 두고 있었다.

녹수맹에 속한 열아홉 곳의 채주들이 한자리에 모인 것은 유난히 안개가 많은 군산에서 드물게 맑은 오후였다.

그들이 모인 비연각(飛燕閣)에선 대낮부터 술판이 벌어지고 있었다.

동정호에서 잡은 열일곱 가지 생선을 가지고 이십여 가지 요리를 만들어 올린 파릉전어석(巴陵全魚席)부터 온갖 안주가 탁자 위에 가득 찼고 각지에서 수집한 귀한 술들이 동이째 넘쳐 났다.

몇몇 술이 약한 채주들은 이미 머리를 탁자에 처박은 상태였으며 대부분 벌겋게 달아오른 얼굴로 연신 건배를 외쳤다.

탁자의 상석.

이제 겨우 서른 중반 남짓한 장한이 백호피를 깔고 앉아 술잔을 빙글빙글 돌리고 있었다.

왼손으로 부드럽게 쓰다듬고 있는 것은 잔등을 만지면 백 세까지 장수하고 머리를 만지면 일평생 근심이 없게 해준다는 전설이 깃든, 오직 군산 인근에서만 서식한다는 금구(金龜-금 거북이)였다.

그의 이름은 구호(九虎).

나이 스물여섯에 녹수맹 맹주직을 거머쥐고 십 년이 지난 지금까지 절대적인 철권통치를 이어온 동정호의 절대자였다.

"잘들 처먹는군."

"간만에 열린 연회입니다, 형님. 게다가 오랫동안 긴장 상태였던 단심련(丹心聯)과 불가침 조약을 맺지 않았습니까? 조금은 풀어줘도 좋을 것 같습니다."

구호의 비아냥에 구호 곁에 앉아 술 대신 군산에서 자생하는 명차 군산은침(君山銀針)을 홀짝이던 군사 궁천기가 입가에 미소를 띠며 말했다.

"지랄. 불가침은 무슨. 눈 가리고 아웅 하는 거지."

"그래도 비교적 좋은 조건으로 협상하지 않았습니까? 그만하면 얻어낼 만큼 얻어냈습니다."

"그런가? 하긴 그 영감이 중독되어 쓰러지지 않았다면 오히려 손해를 볼 수도 있었는데 말이야. 네가 고생했다."

구호의 칭찬에 궁천기는 안타깝다는 표정으로 고개를 저었다.

"두고두고 써먹을 수 있는 아이였는데 아쉽습니다. 사안이 급박하여 어쩔 수 없이 움직이기는 했지만 음식에 탄 독이 결정적인 증거물이 되어서……."

"됐어. 이제 그만 잔수 안 써. 힘으로 쓸어버릴 테니까."

힘이 아닌 비겁한 암수로써 유리한 협상을 했다는 것이 영 마음에 들지 않는지 거칠게 술을 들이켠 구호가 한참 만에 입을 열었다.

"말은 그리했지만 너도 알다시피 그 영감탱이가 이끄는 단심련의 힘이 보통이 아니야. 이대로는 안 돼."

구호가 모종의 결단을 내렸다는 것을 느낀 궁천기는 침묵으로 이어질 말을 기다렸다.

"세력을 더 키워야겠다."

"그 말씀은……."

"서벌(西伐)."

올 것이 왔다는 듯 찻잔을 쥔 궁천기의 손이 살짝 떨렸다.

"옛날에는 그 빌어먹을 혈사림 때문에 칠 수 없었고 이후엔 단심련의 영감탱이한테 뒤통수 맞을까 봐 움직일 수 없었 잖아. 참, 혈사림이 떨어져 나간 것은 확실하지?"

"예, 확실합니다."

"흥, 그동안 일심맹을 쥐어짜며 꽤나 쏠쏠한 수익을 올렸 다고 하더만 속이 좀 쓰렸겠어."

"어쩔 수 없지요. 정무맹이 심각할 정도로 압박을 하고 심 지어 마황성까지 은근히 거들었으니 철수할 수밖에요."

"지금은 어때? 여전히 일심맹 놈들이 설치고 있나? 지들끼 리 분란도 일어났다고 들었는데."

"분란은 종식되었습니다. 그런데 상황이 조금 이상하게 변 했습니다."

"이상하게 변하다니?"

구호가 팔뚝만 한 생선구이를 머리부터 물어뜯으며 물었 다.

"일심맹이 분란을 종식시킨 것은 맞지만 최근 삼협을 주름 잡는 것은 일심맹이 아니라 와호채라는 소문입니다."

"와호채? 뭐하는 놈들인데?"

"최근에 만들어진 수채인 것 같은데 별다른 정보가 없습니 다. 다만 짧은 시간에 세력을 키우고 일심맹을 압박하는 것을 보면 꽤나 뛰어난 자들이 모인 것 같습니다."

"그래 봤자 그놈이 그놈이지. 서쪽에서 놀고 있는 놈들을 어디 장강의 호걸이라 할 수 있나? 그냥 유람객들이나 등쳐

먹고사는 떨거지들일 뿐이지."

한껏 비웃음을 흘린 구호가 착 가라앉은 음성으로 명을 내
렸다.

"당장 시작해."

"그렇게 서둘 일은 아닌 것 같습니다. 와호채라는 곳에 대
해서 조금 더 조사를 해보고 시작을 해도 늦지는 않을 것 같
습니다."

궁천기가 완곡한 어조로 반대를 했다.

"일단 건드려 보자고. 어떤 놈들인지, 얼마만큼의 전력을
지니고 있는지 말이야."

"알겠습니다."

궁천기가 고개를 끄덕이자 술판으로 고개를 돌린 구호가
먹잇감을 찾듯 눈동자를 굴렸다.

"어떤 놈이 좋을까나."

잠시 후, 결정을 내렸는지 그의 손에 들려 있던 술잔이 한
중년인을 향해 날아갔다.

퍽!

술잔이 깨지면서 와자지껄했던 술판까지 단번에 깨버렸
다.

모두들 겁을 집어먹은 눈빛으로 구호의 눈치를 살폈다.

술잔에 머리를 얻어맞은 칠성채(七星寨) 채주 남천상(南天
像)이 구호의 손짓에 얼른 달려와 납작 엎드렸다.

"부, 부르셨습니까, 맹주님."

"네가 해줄 일이 있다."

"하명하십시오."

"삼협에 다녀와."

"충!"

말뜻을 알아들을 수가 없었지만 남천상은 머리를 조아리며 명을 받았다. 어차피 자세한 설명은 군사가 해줄 터였다.

"뭐해? 더 처먹어."

말이 끝나기가 무섭게 다시금 술판이 벌어졌다.

누구도 이의를 제기하지 않았고 토를 달지 않았다.

늘 그랬던 것처럼 모두의 행동은 너무도 자연스러웠다.

오직 한 사람.

군사인 궁천기만이 깊은 생각에 잠길 뿐이었다.

'와호채라⋯⋯.'

峽三山巫

第二十三章

결전전야(決戰前夜)

가장 늦게 회의장에 도착한 사람은 자우령과 마독이었다.

그들이 회의장 안으로 들어오자 모여 있던 사람들 모두가 일어나 정중히 예를 표했다.

자우령과 마독은 유대웅 왼편에 마련된 자리에 나란히 앉았다.

"쯧쯧, 내 소식 들었다. 아주 제대로 망신을 당했다고?"

자우령이 자리에 앉기 무섭게 혀를 찼다.

"그렇게 되었습니다. 당가의 독이 무섭기는 무섭더군요. 평생 그런 배앓이를 해본 적이 없습니다."

유대웅이 쓴웃음을 지었다.

"호천단 녀석들은 좀 어떠하냐? 네 꼴을 보니 대충 알 만은
하다만."

유대웅 대신 장청이 나섰다.

"많이 좋아졌습니다. 하루 이틀이면 쾌차할 것 같습니다."

"한심하기는."

자우령은 핼쑥해진 유대웅과 그런 유대웅을 호위한답시고
그의 뒤편에서 땀을 뻘뻘 흘리며 서 있는 호천단주의 모습에
화가 치밀었다.

화가 난 것은 자우령뿐만이 아니었다.

전대 호천단주인 이휘 역시 잔뜩 화가 난 얼굴이었다.

목숨을 걸고 채주의 안위를 지켜야 하는 호천단주가 안위
를 지키기는커녕 오히려 같이 암습에 당했으니 불충도 이런
불충이 없었다.

이휘의 날카로운 눈빛을 마주한 호천단주가 고개를 떨구
었다.

"그만두십시오, 이 단주. 눈에서 번개라도 날아오겠습니
다."

보다 못한 유대웅이 이휘를 달랬다.

"호천단주로서 책임을 다하지 못했기에 그런 것입니다."

"저도 눈치채지 못한 것을 어찌 호천단주가 알아차린단 말
입니까? 설마하니 저보다 호천단주의 무공이 더 강하다고 주
장하고 싶은 것은 아니겠지요?"

"그럴 리야 있겠습니까? 전 다만……."

이휘가 여전히 화를 삭이지 못하자 마독이 그를 만류했다.

"그만하게. 능력 외의 일이었어. 호천단주가 생사곡에서 많은 것들을 배웠고 그중에 독도 포함되어 있지만 다른 사람도 아니고 천하제일독문이라는 당가의 장로가 하독(下毒)한 것일세. 그것도 당장 알아차릴 수 있는 극독이 아니라 독이라고 부르기도 뭣한 것을. 몸에 침입을 하자마자 격렬한 반응을 일으키는 일반적인 독과는 달리 그런 독은 알아차리기가 결코 쉽지 않아. 솔직히 그건 노부의 능력으로도 불가능한 일이네."

마독까지 호천단주를 두둔하고 나서자 이휘도 더 이상 화를 낼 수가 없었다.

그래도 못마땅한 표정을 지우지 않는 이휘를 보며 장우기가 능청을 떨었다.

"험험, 호천단주가 아무리 자네 아들이라고는 하나 엄연히 같은 서열일세. 아랫사람을 대하듯 함부로 해서야 쓰나."

그랬다.

현 호천단주 이석(李奭)은 과거 유대웅에게 목숨을 구원받은 이휘의 아들로 와호채가 삼 년 동안 은둔을 할 당시 와호채로 온 인재였다.

어려서부터 이휘의 지도 아래 꾸준히 실력을 닦아온 이석은 이후, 생사림에서 이 년, 그리고 생사곡에서 일 년을 수련

하며 과거와는 전혀 다른 고수로 변모했다.

그것은 이석을 호천단 단주로 점찍은 자우령과 마독의 끊임없는 관심과 혹독한 채찍질이 있었기에 가능한 것이었는데, 유대웅이 조건에 이어 그에게 준 자소단은 그의 능력을 폭발시키는데 지대한 역할을 하였다.

그렇게 삼 년이란 시간이 흐른 지금, 이석은 부친은 물론이고 심지어 장우기를 능가하는 고수로 변모한 상태였다.

하나, 이휘의 눈에는 여전히 부족한 것투성이였기에 사사건건 주의를 주고 호천단주로서의 임무를 강조하는 것이었다.

"어, 어르신."

장우기의 핀잔 섞인 말에 이휘의 얼굴에 당황스러움이 떠올랐지만 장우기는 아랑곳하지 않았다.

"아니 그런가? 우리 따지기 좋아하는 군사께서 말해보시게. 사적으로야 아들이지만 공적으론 같은 서열일세. 그리고 지금 이 자리는 와호채의 수뇌진들이 모두 모인 공적인 자리고. 군사는 어찌 생각하는가?"

장우기가 슬그머니 장청에게 공을 넘겼다.

장청은 표정 하나 변하지 않고 대답했다.

"같은 서열이라 하나 연배 차가 많이 납니다. 또한 그 관계가 부자지간이니 다소 과해 보이긴 하나 이 단주님의 태도에 크게 무리가 없어 보입니다."

"엥?"

당연히 자신의 편을 들어줄 것이라 믿었던 장청이 전혀 다른 대답을 내놓자 당황한 사람은 오히려 장우기였다.

사람들은 그런 장우기를 보며 웃음을 참지 못했다.

"이제 그만들 하시지요. 어쨌든 일이 그쯤에서 마무리된 것이 천만다행입니다. 채주님과 호천단원들이 고생을 좀 하였지만 배앓이 정도로 큰 후유증이 남지는 않을 테니까요."

장청의 말에 웃음을 지운 장우기도 고개를 끄덕이며 동조했다.

"당가의 독만큼 무서운 것도 없지. 특히 당학운의 독공은 염라대왕도 두려워할 정도로 엄청나다 들었네."

"당가의 독이라… 무섭긴 무섭지."

자우령까지 심각한 표정을 짓자 주변의 분위기가 착 가라앉았다.

그런 분위기가 싫었던 유대웅이 큰 소리로 외쳤다.

"경계는 하되 두려움에 떨 필요는 없습니다. 그렇게 따지자면 세상 천지에 두렵고 무섭지 않은 것이 무엇이 있겠습니까? 지금부터라도 철저하게 대비하면 됩니다. 마 장로님."

"예, 채주."

"아무래도 독에 대해선 누구보다 잘 알고 계실 테니 방법을 강구해 주십시오. 여기 있는 사람들이야 웬만한 독은 문제가 되지 않겠지만 수하들은 그렇지 않을 테니까요."

"알겠습니다."

유대웅이 분위기를 일신시키자 장청이 다시금 회의를 주도하기 시작했다.

"당가와의 일은 이쯤에서 마무리를 하도록 하고 지금부터는 일심맹이 보내온 도전장에 대해서 의견을 나누도록 하겠습니다."

장청의 말이 끝나기가 무섭게 자우령이 입을 열었다.

"오면서 대충 듣기는 했다만 일심맹에서 정말 도전장을 보낸 것이 맞더냐?"

"그렇습니다. 지난밤, 인편을 통해 채주님께 이것을 보내왔습니다."

장청이 수뇌들에게 내보인 것은 다름 아닌 황룡첩이었다.

급조한 티가 역력한 황룡첩은 그래도 와호채에서 만든 것과 크기나 모양 등이 다르지 않았다.

"하면 채주와의 일대일 승부로 일심맹의 운명을 걸겠다고 나섰단 말인가? 그 욕심 많은 황우가?"

장우기가 믿을 수 없다는 눈으로 황룡첩과 장청을 번갈아 바라보았다.

"그렇지는 않습니다. 황룡첩은 그저 우리를 조롱하기 위함일 뿐이고 사실상 저들은 총력전을 원하고 있습니다."

"총력전?"

"닷새 후 대계진에서 일심맹과 와호채의 운명을 걸고 일전을 벌이자고 하는군요."

"갈수록 가관이군. 그래, 어떤 방식으로 싸우자던가?"

황우에게 극도로 감정이 좋지 않은 장우기의 음성은 냉기가 풀풀 묻어 나왔다.

"따로 언급하지 않은 것을 보면 전통적인 방법으로 일전을 벌이자고 하는 것 같습니다."

"수상전을 벌이자는 말인가?"

"예. 아무래도 육지에서 싸우면 불리하다는 것을 아는 모양입니다."

"그렇겠지. 귀가 있다면 우리의 실력을 모르지는 않을 테니까. 수상전에선 아무래도 실력 차가 줄어들기 마련이니까."

가만히 듣고 있던 조건이 조용히 말했다.

"수상전이라 해도 결국엔 누가 상대의 배를 먼저 점령하느냐가 중요한 것 아니겠습니까? 문제될 것은 없다고 봅니다."

조건의 말에 다들 자부심 가득한 얼굴로 고개를 끄덕였다.

"저들이 동원할 수 있는 배와 전력은 어느 정도나 될 것 같아?"

유대웅이 장청에게 물었다.

"운밀각의 분석으로는 싸움에 동원할 수 있는 크고 작은 배의 수가 스무 척 정도에 전력은 최소 육백 정도는 되는 것 같습니다."

"최소 육백이라면 꽤 많은 숫자군. 나라가 망조가 들었나, 무슨 놈의 수적들이 이리 많아?"

"따지고 보면 우리들도……."

"알았으니까 마저 얘기해 봐. 우리 쪽은 어때?"

"흑선이 망가진 덕분에 동원할 수 있는 배는 여덟 척뿐입니다. 전력은 삼백 정도 되는군요."

"삼백? 와호채 인원만 해도 그 정도는 되잖아?"

유대웅이 고개를 갸웃거리며 물었다.

"흑호대와 황호대는 아직 준비가 되지 않은 것으로 압니다."

유대웅의 시선이 자연적으로 자우령에게 향했다.

"백호대나 적호대 정도까지는 아니나 그래도 어느 정도 수준에는 올랐다. 하나, 군사가 원하는 수준까지는 아니다."

"음."

잠시 생각에 잠겼던 유대웅이 입을 열었다.

"참여하는 것으로 하지요. 아무리 실전과 같은 훈련을 한다고 해도 훈련은 훈련. 실전에 비할 바는 아니니까요."

"하지만 저들이 남다른 각오를 하고 나선 이상 생각보다 피해가 커질 수가 있습니다."

장청은 여전히 부정적이었다.

"설사 피해가 크더라도 잃는 만큼 얻는 것도 많을 거다."

"네가 그리 생각한다면 원하는 대로 하여라."

자우령이 유대웅을 지지하고 나서자 장청도 물러설 수밖에 없었다.

"그런데 저들이 갑자기 강경하게 나오는 이유가 궁금하군."

마독의 말에 장우기가 반박을 했다.

"갑자기는 아닌 것 같소. 일심맹에 동조하는 수채 중 상당수가 우리에게 돌아섰거나 무너졌고 최근엔 무협에서의 마지막 보루라 할 수 있는 상승채까지 쓰러지지 않았소. 더 이상물러날 수 없다는 절박감에 도박을 하는 것으로 보이오만."

"같은 생각이네. 시간이 가면 갈수록 불리한 것은 자신들이라는 것을 아는 거겠지. 어쩌면 가장 적절한 때에 승부를걸어온 것이라 볼 수 있어."

자우령의 말에 다들 고개를 끄덕였다.

하지만 장청은 조금 생각이 다른 듯했다.

"태상장로님과 일장로님의 말씀에도 충분히 일리가 있습니다만 그동안 일심맹이 보여준 행보를 감안해 보았을 때 아무래도 뭔가가 이상합니다. 특히 황우라는 자는 앉아서 죽는한이 있더라도 자신의 기득권을 걸고 모험을 할 자는 아니었는데 말이지요. 분명 우리가 모르는 노림수가 있습니다."

"혹, 혈사림에 지원을 요청한 것은 아닐는지요?"

조건의 말에 다들 안색이 변했다.

와호채가 그동안 많이 강해졌다고는 하지만 혈사림은 분

명 상대하기 버거운 존재였다.

"아니라고 부정할 수 없습니다."

"그리 생각해 보면 녹림에 지원을 요청했을 수도 있겠군. 삼 년 전만 해도 우리를 추격하는 자들 중에는 녹림도 포함되어 있었으니까."

장우기의 표정이 어두워졌다.

어디가 되었든 일심맹 단독이 아니라 다른 지원군이 있다면 어려운 싸움이 예상되기 때문이었다.

"운밀각에서 파악하고 있는 정보가 있나?"

유대웅이 물었다.

"지금 조사 중입니다."

"촉박하긴 해도 시간이 없는 것은 아니니까 자세히 조사해 봐. 놈들이 대체 무슨 의도로 그런 승부를 제의한 것인지, 어떤 흉계를 꾸미고 있는지 말이야. 특히 혈사림이나 녹림과의 관계에 대해서도."

"알겠습니다."

장청이 공손히 대답했다.

"그런데 일심맹의 전력은 정확히 어느 정도인가? 내분을 종식시키고 지금껏 버티고 있는 것을 보면 우리가 생각한 이상으로 저력이 있는 것 같은데?"

이휘의 물음에 잠시 호흡을 가다듬은 장청이 자세한 설명을 시작했다.

"일심맹 전력의 핵심이자 가장 주의할 사람은 맹주인 황우를 무령채 시절부터 보좌해 온 금완이란 자입니다. 나이가 대략 사십 초반 정도라는 것만이 알려져 있을 뿐 그에 대한 모든 정보는 불명확합니다. 금완이란 이름 또한 본명은 아닐 거란 생각입니다."

"하지만 그의 무공만큼은 확실하지. 직접 대결을 해본 것은 아니지만 칠팔 년 전, 일심맹 회합에서 그의 실력을 본 적이 있었네. 비무라는 자리를 빌렸기에 진정한 실력을 내보이진 않았어도 대단한 실력을 지녔다는 것을 알 수 있었지. 그러고 보니 당시 맹주께서도 그의 무공을 격찬하신 게 기억나는군."

장우기의 설명이 끝나자 장청이 말을 이어갔다.

"지난 내분에서도 그의 실력은 확실히 드러났습니다. 사실, 반란군의 처음 기세는 일심맹을 능가할 정도로 대단한 것이었습니다. 그것을 차례차례 부수어 나간 것이 바로 금완이었습니다. 반란군의 핵심이었던 기문채와 연산채의 채주가 바로 그의 손에 죽었습니다. 죄송스런 말씀이지만 기문채 채주의 실력은 일장로님에 못지않은 것으로 알고 있습니다."

"맞네. 그와 세 번을 싸웠지만 한 번도 승부를 가리진 못했지."

어쩌면 자존심이 상할 말이었지만 장우기는 순순히 인정을 했다.

금완의 실력이 장우기를 능가한다는 말에 다들 긴장감을 감추지 못했다.

"그잔 나나 태상장로께서 상대하면 되는 것이고. 그 외 다른 자들은?"

유대웅이 가라앉은 분위기를 일축하며 말했다.

"그 밖에도 주의할 자들이 꽤 있습니다. 가령 이번에 영입된 중강삼살은 사천에서 꽤나 악명이 높은 자들이고 기존 일심맹 장로들의 실력도 출중합니다. 더불어 일심맹의 주력은 솔직히 백호대나 적호대가 아니면 상대하기 힘들 정도로 강력합니다."

"그럼 백호대가 상대하면 되겠군."

유대웅이 이번에도 대수롭지 않다는 표정으로 대꾸하자 그들과 비교된다는 것 자체가 마음에 들지 않았던 조건이 입꼬리를 말아 올리며 대답했다.

"맡겨주십시오."

"대신 방심은 금물."

순간, 조건의 얼굴이 처참하게 일그러졌고 곳곳에서 웃음소리가 터져 나왔다.

"아참, 한데 그놈은 어찌할 생각이냐?"

입가에 웃음을 머금었던 자우령이 약간은 찡그린 표정으로 물었다.

"누구요?"

"네가 생사림으로 보낸 녀석 말이다. 자칭 본좌라 떠들어대는 정신 나간 놈."

"아, 그 애늙은이요."

유대웅은 생각하는 것만으로 짜증난다는 듯 얼굴을 찌푸렸다.

"한데 그 인간이 아직도 본좌라 떠들어댑니까?"

"그래. 요 며칠간 상당히 고생을 했는데도 본좌라는 말은 여전히 입에 달고 산다. 정신이 나간 건지 의지가 강한 것인지 모르겠다."

고작 며칠에 불과했지만 호태악에게 꽤나 질렸는지 자우령조차 거의 체념하다시피 말했다.

"하지만 다른 것을 다 떠나서 실력만큼은 진짜입니다. 무사부들로 하여금 몇 번 시험을 해보았는데 솔직히 무사부들이 감당하기 힘들 정돕니다."

마독의 말에 유대웅이 당황하여 반문했다.

"그래서요? 설마하니 그놈을 받아들이라는 말씀입니까?"

대답은 마독이 아니라 장청이 대신했다.

"받아들일 수 있다면 받아들이는 것이 좋을 것 같습니다. 어디를 가도 그만한 실력을 구하기가 쉽지 않습니다. 게다가 겉… 보기와는 달리 나이도 어리고요. 그만큼 발전 가능성이 많다는 것이겠지요. 장차 와호채에 큰 힘이 될 것입니다."

"아무리 그래도 그 인간은……."

"채주께서 수하로 삼으신다고 선언하셨다고 들었습니다."

"꼭 수하로 삼는다는 말은 안 했다. 그냥 좀 밑에 두고 굴려야겠다고… 화가 치밀어서 아무렇게나 던진 말이야. 그때 상황이 조금 그랬다."

유대웅이 변명 아닌 변명을 해보려고 했지만 장청은 꿈쩍도 하지 않았다.

"그 많은 사람들 앞에서 선언하신 일입니다. 일구이언(一口二言)은 채주님의 체면만 상하게 할 뿐입니다. 그만한 실력이면 황호대주 감으로 손색이 없을 것 같습니다만. 장담컨대 와호채를 위해 큰 힘이 될 것입니다."

"후~ 군사가 그렇게까지 말하면 그런 것이겠지만 그놈 성격이……."

호태악의 삭은 얼굴과 오만하기 그지없는 낯짝을 떠올리며 유대웅은 한숨을 내쉬었다.

와호채의 수뇌들은 그런 유대웅을 바라보며 슬며시 고개를 돌렸다. 저마다 웃음을 참기 위해 필사적으로 노력하면서.

*　　　　*　　　　*

깊은 밤, 어둠에 잠긴 와호채에서 운밀각만이 유일하게 불이 밝혀져 있었다.

일심맹과의 싸움이 사흘 앞으로 다가온 지금, 운밀각엔 운밀각의 정보원들이 직접 발로 뛰며 보고 들은 정보부터 시작하여 적이 역으로 흘려보낸 정보까지 헤아릴 수 없을 정도로 많은 정보가 쏟아져 들어왔는데 그것을 제대로 파악하고 분석하느라 운밀각 대원들은 며칠째 뜬눈으로 밤을 지새우고 있는 것이다.

"후~ 힘들군."

장청이 고개를 뒤로 꺾고 돌리며 피로감을 토로했다.

제대로 씻지도 못하고 잠도 잘 수 없어 퀭한 눈의 장청에게선 평소의 냉철하고 깔끔한 모습은 찾아볼 수가 없었다.

"지금까지의 정보가 확실하다면 혈사림은 아니다. 그렇다고 녹림도 아니다. 주변의 몇몇 산채에서 움직임이 있기는 했지만 대세에 영향을 줄 수 있을 정도는 아니고. 하면 대체 뭔가? 일심맹은 대체 무슨 자신감으로 승부를 걸어온 것이지?"

장청은 스스로에게 질문을 던지며 깊은 생각에 잠겼다.

하지만 아무리 머리를 굴려봐도 그 자신감의 근거를 짐작하기 어려웠다.

"내가, 우리 운밀각이 놓친 것이 무엇일까? 지난 한 달간 인근에서 벌어진 모든 사건을 조사했다. 수채들의 움직임은 물론이고 평소와 다른 모습을 보이는 무관들은 없는지, 어떤 표국이 표행을 시작했고, 상단이 무슨 거래를 했는지, 어떤 배들이 물길을 오고 갔는지 빠짐없이 확인을 했다. 심지어 중경부(重慶府)에서 잡아들인 죄수들의 목록까지 파악을 했다.

하나 일심맹과, 아니, 이번 싸움과 연결시킬 만한 것은 아무 것도 없었다. 젠장."

답답했는지 탁자를 탁 치고 일어나는 장청.

오랫동안 피곤이 겹친 것인지 코피가 흘러내렸다.

점점이 떨어져 내린 핏방울이 탁자 위에 올려놓은 서류에 떨어지자 장청이 황급히 서류를 챙겼다.

그의 동작이 제법 빨랐음에도 핏방울이 서류를 더럽히는 것을 온전히 막지는 못했다.

장청이 황급히 서류를 살폈다.

그나마 다행이라면 이미 검토를 마친 서류라는 것이었다.

한숨을 내쉰 장청이 피 묻은 서류를 탁자 한구석에 따로 내려놓으려 할 때였다.

중경부에서 최근에 사형을 집행한 죄수들의 이름과 죄상을 적어놓은 서류가, 그리고 그 명단에 뿌려진 피가 묘하게 그를 자극했다.

장청은 자신도 모르게 서류를 집어 들었다.

그러나 몇 번을 읽어봐도 별다른 내용은 없었다.

사형을 당한 대다수가 강도 짓을 하다 사람을 죽였거나 부녀자를 강간하고 살해한 파렴치범들이었다.

"쓰레기 같은 놈들."

장청은 그들에게 일말의 동정심도 느끼지 않았다.

"그래도 이자에 대한 처벌은 조금 과하군. 사람을 죽인 것도 아니고 그저 자신의 책무를 소홀히 했을 뿐인데."

장청이 병기창의 관리를 소홀히 했다는 명목으로 죽임을 당한 자의 이름을 보며 혀를 찼다.

"하나, 이런 일일수록 엄하게 처리하는 것은 맞지. 다른 곳도 아니고 병기… 창인데……."

나라의 관리라면 더욱더 엄하게 죄를 추궁하는 것이 맞았다. 더구나 병기창이라면 그 중요성이 어느 곳보다 더할 터였다.

한데 인정을 하면서도 어딘지 모르게 꺼림칙한 것이 있었다.

"그런데 중경부가 그렇게 엄중하고 깨끗한 곳이었나?"

근자 들어 온 나라 관리들의 부패가 하늘을 찌른다는 것은 세 살 먹은 어린아이까지 알고 있는 것. 연이어 터지는 관리들의 부정부패 사건을 보자면 병기창의 관리 소홀 정도는 죄라고 할 수도 없었다.

확신할 수 없지만 본능적으로 느껴지는 뭔가가 있었다.

"누구 있느냐?"

"예, 군사."

문이 열리며 날카로운 눈빛을 한 청년이 들어왔다.

"지금 즉시 이 사건에 대해 조사를 시작해라. 이자가 대체 무엇을 어찌 잘못했는지 살피도록 하고 어째서 이토록 신속히 형이 집행되었는지, 사건에 다른 뭔가가 개입된 것은 없는

지 샅샅이 조사하도록 해라."

청년은 장청이 전해주는 서류를 응시하며 잠시 의아한 표
정을 지었지만 곧바로 고개를 숙였다.

"알겠습니다."

"촌각을 다투는 일이다. 최대한 빨리 정확히 파악하여 보
고토록 하라."

"명심하겠습니다."

명을 받은 청년이 사라지자 장청은 자신의 심장이 어느 때
보다 빠르게 뛰고 있음을 느꼈다.

*　　　*　　　*

마황성 사천 분타.

무림에 산재해 있는 여러 분타 중 그 규모나 전력에서 하위
권으로 분류되는 사천 분타지만 그래도 웬만한 문파 하나쯤
은 가볍게 찜 쪄 먹을 수 있을 정도로 막강한 힘을 자랑했다.

현 사천 분타주는 백골귀수(白骨鬼手) 막심초(莫深梢)로 얼
마 전까지만 해도 마황성의 십이장로에 버금가는 권세를 누
리다가 권력 싸움에 밀려 좌천당한 인물이었다.

막심초는 상당한 권력욕과 물욕, 색욕으로 마황성에서도
늘 물의를 일으켰고 실패를 용납하지 않는 잔혹한 성정에 수
하들의 인망도 그리 높지 않았지만 일신에 지닌 무공과 처세

술만큼은 그 누구도 인정할 만큼 뛰어났기에 사천 분타주로 좌천을 당한 지금도 권력의 끈을 놓치지 않고 있었다.

"보냈느냐?"

밤새도록 나이 어린 미희(美姬)들을 괴롭히며 열락의 밤을 보낸 막심초가 벌거벗은 몸을 가릴 생각도 없이 걸어나오며 물었다.

나이가 칠십에 육박했지만 그의 몸은 사십대라 해도 믿을 정도로 탄탄했다.

이미 익숙한 일인 듯 문앞에 서 있던 부분타주 호패령(胡覇零)은 그가 탁자에 앉을 때까지 슬쩍 고개를 돌리고 있다가 막심초가 탁자에 앉은 것을 곁눈질로 확인하고는 입을 열었다.

"예. 지금 막 보내고 오는 길입니다."

"일에 차질은 없겠지?"

"다른 사람도 아니고 귀령사신(鬼靈邪神)과 음양신녀(陰陽神女)님께서 움직이셨습니다. 게다가 흑성대(黑星隊)가 함께 움직였습니다. 천지가 개벽하는 일이 아닌 이상 변수는 없습니다."

"귀령사신과 음양신녀의 실력이야 내 믿지. 하지만 와호챈가 뭔가 하는 곳에 일도파산이 있다며?"

"화, 확실하지는 않습니다."

호패령이 조금은 자신없는 음성으로 대꾸했다.

"아무튼. 그자가 와호채에 있다면 상황은 조금 심각해질 수 있다. 다른 건 몰라도 실력 하나만큼은 확실하니까."

"두 분이 패한다는 생각은 하지 않습니다."

"패한다고는 하지 않았다. 다소 곤란한 일이 생길지도 모른다는 얘기지. 하긴, 흑성대가 따라붙었다면 그리 걱정하지 않아도 되겠군."

"예. 애당초 수적 나부랭이들과 비교할 수 없는 전력이니까요. 그런데 전 조금 걱정이 됩니다."

"뭐가 말이냐?"

"일전에 혈사림이 일심맹에서 손을 뗀 이유 중 하나가 마황성에서 압력을 가했기 때문이라고 알고 있습니다."

"확실히 그랬다. 당시 일을 원만히 해결하고자 혈사림의 사자로 왔던 놈의 팔을 분질러 버린 것이 바로 노부였으니까."

막심초가 스산한 미소를 지으며 말했다.

"그런데 이제 와 우리가 일심맹을 지원한다면 분명 말이 나올 것입니다. 게다가 이번 일은 위에 보고도 하지 않고 독단적으로 처리하는 일이라……."

"시끄럽다. 이 정도 일에 보고는 무슨. 그리고 우리가 혈사림처럼 주구장창 단물을 뽑아먹자는 것도 아니지 않느냐? 우린 그저 한시적으로 도움을 주기로 했을 뿐이다."

"그래도 혈사림에서 문제를 삼으면 자칫 화가 미칠 수도 있습니다."

"노부가 비록 이 꼴로 지내고 있다지만 그 정도 문제도 해결하지 못할까. 염려하지 말거라. 이미 다 생각을 해놓았으니. 그런데 일심맹에서 약조한 돈은 도착을 했느냐?"

"예. 지난밤, 이백오십 냥 상당의 금괴가 도착을 했습니다."

"이백오십 냥?"

막심초의 눈썹이 씰룩거렸다.

호패령이 얼른 설명을 덧붙였다.

"나머지 절반은 일이 마무리된 이후에 받기로 하지 않으셨습니까? 일전에 분타주님께서 그리 허락을 하셨습니다."

"그랬나?"

고개를 갸웃거린 막심초가 그래도 마음에 들지 않는다는 듯 혀를 찼다.

"버러지 같은 놈들이 의심은 많군. 우리가 돈을 떼먹기라도 할 줄 알았던 모양이군."

"설마하니 그렇겠습니까? 그저 보통 거래의 관례……."

일심맹을 두둔하던 호패령은 가만히 자신을 응시하는 막심초의 눈빛에 그대로 몸이 굳고 말았다. 그 눈빛에 온갖 의미가 담겨 있었기 때문이었다.

호패령이 두려움에 떨며 말을 잇지 못하자 한참 동안이나 그를 바라보던 막심초의 입꼬리가 살짝 올라갔다.

"감히 노부 앞에서 놈들을 두둔해?"

"죄, 죄송합니다."

호패령의 무릎이 그대로 꺾이며 머리를 바닥에 찧었다.

"네가 놈들에게 얼마를 뜯어먹었는지는 상관하지 않겠다. 그것도 네 나름의 능력일 테니."

부정은 곧 죽음이라는 걸 알기에 호패령은 그대로 무릎을 꿇으며 연신 머리를 찧었다.

"주, 죽을죄를 지었습니다."

순식간에 이마가 터지며 피가 흘러내렸다.

"부, 부디 용서해 주십시오."

막심초가 아무런 말도 하지 않자 호패령은 더욱 필사적으로 머리를 찧으며 용서를 구했다.

이마에서 흘러내린 피가 바닥을 흥건히 적실 즈음에야 비로소 노기를 거둔 막심초가 살짝 손을 움직이자 무형의 힘에 의해 바닥에 머리를 찧던 호패령의 동작이 멈춰졌다.

"그간의 정리를 보아 이번만큼은 용서를 하도록 하마."

"가, 감사합니다."

호패령이 감격에 찬 얼굴로 머리를 조아렸다.

머리를 조아릴 때마다 피분수가 뿜어져 나왔지만 신경조차 쓸 수 없었다.

"오직 한 번뿐이라는 것을 명심해야 할 것이다. 다시금 이런 일이 발생하면 아예 그 입을 찢어버릴 테니."

"며, 명심하겠습니다."

막심초의 말에 허언은 없다는 것을 알기에 호패령은 자신도 모르게 입으로 손을 가져가며 대답을 했다. 더불어 모든 일에 차질이 없기를 빌고 또 빌었다. 문제가 생길 시 어떤 꼴을 당할지 너무도 뻔했기 때문이었다.

*   *   *

결전을 하루 앞둔 저녁.

뒤늦게 회의장에 도착한 장청의 손에는 한 장의 서찰이 들려 있었다.

"뭐야, 그거?"

"일단 읽어보시지요."

장청이 손에 쥔 서찰을 유대웅에게 전했다.

대충 읽어보았지만 대체 그것이 무엇을 의미하는 것인지 이해를 할 수 없었던 유대웅이 의구심 가득한 얼굴로 장청을 쳐다보자 장청이 주변을 둘러보며 입을 뗐다.

"일전에 일심맹에서 도전장을 보내왔을 때 저들이 갑자기 강경하게 나오는 이유를 알 수 없어 많은 혼란이 있었던 것을 기억하실 겁니다. 혈사림이 개입할 것이라는 말도 있었고 녹림과 연합했을 것이라는 말도 있었습니다만 어느 것 하나 제대로 파악된 것이 없었습니다. 하지만 바로 지금, 저들이 무슨 이유로 그토록 자신감이 넘쳤던 것인지 파악이 되었습니다."

"그게 무엇인가?"

장우기가 참지 못하고 물었다.

"화포입니다."

"화… 포?"

"예. 일심맹이 화포를 확보한 것으로 확인되었습니다."

"말도 안 돼. 화포는 나라에서 엄히 금하는 물건이 아닌가? 그걸 사용했을 경우 벌어질 일 때문에 애당초 구할 엄두를 내지 못하는 것이고. 확실한 정보인가?"

장우기가 믿을 수 없다는 표정을 지으며 물었다.

"예. 그것도 다섯 문이나 됩니다. 적은 숫자이기는 하나 그것만으로도 충분히 위협이 되지 않겠습니까?"

"아무렴. 화포가 있고 없고에 따라 싸움의 방식 자체가 달라지는 것을. 이제야 알겠군. 황우 그놈이 그토록 자신있게 싸움을 걸어온 이유를 말이야. 버러지 같은 놈!"

장우기가 화를 참지 못하고 욕설을 내뱉었다.

"어떻게 알아낸 거야? 그동안 별말 없었잖아?"

유대웅이 물었다.

"운이 좋았습니다. 우연찮게 중경부에서 죄수들을 처리한 명단을 보고 찾아냈습니다."

"뭔 소리야? 그게 무슨 상관이라고?"

유대웅이 어이가 없다는 얼굴로 되물었다. 다른 이들 역시
같은 표정이었다.

"그날 사형이 집행된 사람의 숫자는 도합 일곱이었습니다.
대다수가 극형을 면치 못할 정도로 악질적인 놈들이었지요.
한데 단순히 병기창을 제대로 관리하지 못했다는 이유로 사
형을 당한 관리가 있었습니다. 어찌 보면 중죄일 수도 있지만
사형을 당할 정도는 아니었고 특히 부정 부패가 일상인 관리
들이 그만한 일로 사형을 당한다는 것이 무엇보다 이상했습
니다. 더구나 그와 연관된 일이 병기창인지라……."

"해서 조사를 시켰다?"

"예. 느낌이 좋지 않아 자세한 조사를 명했습니다. 혹시나
병기창의 일에 일심맹이 연관된 것은 아닌가 해서요. 그리고
방금 전, 이 서찰을 받은 것입니다. 조사 결과 병기창을 관리
했던 관리는 황금 이십 냥을 받고 창고에서 보관하고 있던 화
포 다섯 문을 몰래 빼돌렸고 그 일이 발각되어 사형을 당한
것입니다. 한데 재밌는 것은 신속한 형 집행을 명한 자들 또
한 일심맹으로부터 뒷돈을 받아 챙겼다는 겁니다."

"말하자면 화포를 빼돌리면서 그 모든 죄를 관리 한 명에
게 뒤집어씌운 것이로군."

"예. 그의 입을 신속히 닫아버림으로써 차후에 벌어질 일
에 대한 방비를 한 것이지요. 가령 일심맹에서 화포를 사용한
것이 알려졌을 때 역추적이 들어갈 수도 있는 일이니까요."

"하하, 나 원. 별의별 꼼수를 다 쓰고 있군."

유대웅은 기가 차다는 듯 웃고 말았지만 상황은 심각했다.

"뭔가 대책을 세워야 할 것 같습니다. 비록 다섯 문밖에 없다지만 화포라면 상황이 심각할 듯싶군요."

마독의 말에 주변 분위기가 급속도로 어두워졌다.

지금껏 수상전이라 해봐야 상자노나 간단하게 쓸 수 있는 투석기를 통해 몇 번 공격을 하다가 결국엔 선상전투로 마무리되는 것이 일반적이었다.

하지만 화포라면 선상전투가 벌어지기도 전에 싸움을 끝낼 수 있는 치명적인 무기가 될 수 있었다.

"눈에는 눈, 이에는 이라고 저들이 화포를 구했다면 이쪽에서도 화포를 구해야 하지 않겠습니까?"

조건의 말에 장청이 간단히 고개를 흔들었다.

"화포를 구하는 일이 그리 쉬운 것이 아닙니다. 게다가 나라에서 특별 관리를 하는 물건인지라 일심맹처럼 작심하고 관리를 매수하거나 힘으로 훔쳐 와야 합니다만 그 역시 뒷감당하기가 만만치 않습니다."

"하면 군사의 생각은 어때? 이대로라면 제대로 싸워보지도 못하고 수장될 상황이 뻔한데 뭔가 방법을 세워야 하잖아."

유대웅의 물음에 모든 이의 시선이 장청에게 향했다.

장청은 그 시선을 다소 부담스러워하면서도 피하지 않았다.

"우리가 적의 화포에 대항할 수 있는 방법은 사실상 없습니다. 있다면 오직 하나, 피해를 감수하고서라도 화포가 실린 배를 최우선적으로 요격하는 것뿐입니다."

유대웅이 장청의 입에서 그런 답이 나올 줄 몰랐다는 듯 멍한 표정을 지을 때 장청의 설명이 빠르게 이어졌다.

"화포라는 것이 그렇게 쉽게 다룰 수 있는 무기가 아닙니다. 전문적인 포수들조차 바람과 기후 등의 변수로 고전을 면치 못하는 것이 화포입니다. 저들이 비록 화포를 구했다고는 하나 제대로 쏠 수 있는 사람이 없을 겁니다. 모든 전력을 동원하여 공격을 하면 생각보다 적은 피해로 놈들을 잡을 수 있습니다. 적들 또한 화포를 보호하기 위해 필사적일 테니 다소간의 피해는 감안을 해야겠지만요."

"그 정도야 어쩔 수 없지. 어쨌건 놈들이 화포를 확보했다 하더라도 그렇게 심각한 위기는 아니라는 말이네."

유대웅이 약간은 안도하는 얼굴이 되자 자우령이 혀를 차며 말했다.

"쯧쯧, 말이 그렇다는 것이지. 화포는 화포다. 눈먼 화포라도 적중을 하면 그 피해가 실로 클 터. 조심 또 조심을 해도 부족하지 않아. 게다가 만약 놈들이 화포를 제대로 쏠 수 있는 자를 구했으면 어찌할 테냐?"

질문은 유대웅이 아니라 장청에게 향해 있었다.

"수적 중에는 처음부터 수적의 자식으로 태어나 뼈를 묻은 자들도 있지만 대부분은 세상의 온갖 풍상을 겪은 뒤 수적이된 자들이다. 그들 중에는 군에 몸을 담고 있었던 자들도 있을 수 있을 터. 만약 그렇다면 심각한 위협이 될 수 있을 게다. 아니 그러냐?"

"태상장로님 말씀이 맞습니다. 충분히 가능한 얘기기도 하고요."

장청은 순순히 인정을 했다.

"노부의 얘기 또한 가정에 불과한 것. 굳이 이런 얘기를 꺼낸 것은 너무 두려워하는 것도 문제지만 무시하는 것 또한 경계해야 하기에 언급한 것이다. 어차피 우리에겐 선택의 여지가 없는 터. 군사의 말대로 전력을 다해 화포를 제압한다는 군사의 생각이 가장 타당한 것 같구나."

자우령의 말에 다들 고개를 끄덕일 때, 장청이 마독에게 물었다.

"한데 궁수대는 어느 정도나 준비된 것입니까?"

"아직 연습이 충분치는 않지만 이번 싸움에선 활약을 기대해도 좋을 것 같네. 화포만큼은 아니어도 백 장 이내의 적이라면 꽤나 두려워해야 할 게야."

"백 장이요? 그렇게 멀리 나갑니까?"

조건이 깜짝 놀라 물었다.

"일반적인 활은 그렇게 멀리 날아가지 않지. 하지만 우리가 사용하는 활과 화살은 조금 특이하거든."

슬쩍 웃은 마독이 말을 이었다.

"내가 소싯적에 송화강 인근에서 살수행을 하다 크게 몸을 다친 적이 있었네. 그때 사경에 처했던 노부를 구해준 사람이 있었는데 그는 국경을 오고 가며 사냥을 하는 사냥꾼이었지. 몸이 나을 때까지 그 친구를 따라 사냥을 몇 번 나갔는데 바로 그때, 편전(片箭)이라 부르는 화살을 접하게 되었네."

"편… 전이요?"

조건이 고개를 갸웃거리며 되물었다.

"그렇다네. 편전. 그쪽 말로 애깃살이라고 부르는 화살인데 그 크기가 일반 화살의 절반밖에 되지 않아. 하나, 사거리가 엄청나고 위력 또한 대단하지. 직접 보게 되면 깜짝 놀랄 것이야. 그렇지 않은가?"

마독의 시선이 자신에게 향하자 이휘가 고개를 끄덕였다.

"아군에겐 그만한 힘이 없지만 적의 입장에선 그야말로 끔찍한 무기라 할 수 있지."

누구보다 병장기에 달통한 이휘마저 극찬을 하자 다들 편전에 대한 궁금증이 샘솟았지만 장청이 말을 잘랐다.

"몇 명까지 동원할 수 있는 겁니까?"

"열다섯은 가능할 걸세."

생각보다 적은 인원이었지만 장청 또한 생사곡에서 편전의 위력을 직접 목도했기에 별다른 말은 하지 않았다.

"준비에 만전을 기해주십시오. 기선 제압을 하기 위해서

라도 그들의 활약이 절실합니다. 아울러 그들의 최우선 목표
는 화포를 운용하는 포수라는 것을 주지시켜야 할 것입니
다."

"알겠네."

"부탁드립니다."

장청이 마독에게 가볍게 목례를 하는 것을 지켜보던 유대
웅이 착 가라앉은 음성으로 말했다.

"화포가 다소 변수가 될 수는 있겠지만 큰 틀에서 전세에
큰 영향은 없을 겁니다. 있다면, 없게 만들면 될 뿐입니다."

절대적인 자신감을 내비치며 분위기를 일신시킨 유대웅이
장청에게 고개를 돌렸다.

"군사."

"예, 채주님."

"지금부터는 우리가 어찌하면 저들을 압도적으로 쓸어버
릴 수 있는지 계획을 설명해 봐. 없다는 말은 하지 말고."

유대웅의 말에 가볍게 한숨을 내쉰 장청이 천천히 몸을 일
으켰다.

"우선은 전력의 배치부터 결정하겠습니다. 우리가 동원할
수 있는 배는 총 여덟 척으로 그중 선봉에 서게 될 배는……."

유대웅이 얼른 말을 끊고 들어왔다.

"당연히 내가 탄다."

"예, 마음대로 하십시오."

그럴 줄 알았다는 듯 신경도 쓰지 않은 장청이 조건에게 고개를 돌렸다.

"선봉이자 대장선 좌측엔 백호대가 승선하십시오."

"맡겨주십시오."

"우측엔 적호대입니다."

적호대주 흑규(黑圭)가 벌떡 일어나며 대답했다.

"그쪽은 적호대가 확실하게 책임지겠습니다."

마독을 따라 와호채에 입성하여 적호대주라는 직책을 얻은 흑규는 비로소 자신이 활약할 때가 왔다는 기대감 때문인지 살짝 들떠 있었다.

그것을 눈치 못 챌 마독이 아니었다.

"경거망동으로 일을 그르치지 말아야 할 것이다."

마독의 차가운 경고성에 흑규가 움찔 놀라며 말을 더듬었다.

"며, 명심하겠습니다."

그 모양을 본 유대웅이 빙그레 웃으며 그를 격려했다.

"이번에 적호대의 활약이 몹시 기대되는군. 누구처럼 방.심.만 하지 않는다면 틀림없이 잘할 거야."

잊을 만하면 끊임없이 과거의 악몽을 상기시키는 유대웅의 만행(?)에 조건이 체념한 듯 한숨을 내쉬자 다소 무거웠던 회의장의 분위기가 한결 가벼워졌다.

이후, 분위기를 수습한 장청의 설명은 한참 동안이나 이어졌는데 특히 화포가 등장했을 때 그것을 잡기 위한 배의 운용에 대한 논의가 뜨겁게 전개되었다.

결전전야(決戰前夜)는 그렇게 깊어만 갔다.

第二十四章

혼전(混戰)

정오 무렵, 일심맹과 와호채가 결전 장소인 대계진으로 몰려들었지만 새벽부터 낀 짙은 안개로 인해 시계는 오 장도 채되지 않았다.

"환장하겠군."

초조함을 이기지 못한 황우가 손톱을 아작아작 씹어댔다.

이렇게 한 치 앞도 보이지 않는 상황에선 비장의 무기로 준비한 화포가 아무런 위력도 발휘할 수가 없었다. 적은 고사하고 잘못하면 아군을 오인 사격하는 경우도 발생할 수 있었다.

"놈들은 도착했나?"

"예. 벌써부터 도착하여 우리를 기다리고 있었습니다. 또

한 우리가 도착한 것을 알고 있을 겁니다. 이제 곧 공격이 시
작될 겁니다."

금완이 멀리서 들려오는 북소리에 귀를 기울이며 대답했
다.

"젠장, 빌어먹을 안개 때문에."

황우는 원통함에 발을 동동 굴렀다.

"차라리 잘된 것인지도 모릅니다."

"힘겹게 구한 화포를 써먹지 못하게 되었는데 잘되긴 뭐가
잘돼!"

황우가 발끈하여 소리쳤다.

"어차피 제대로 쏠 수 있는 사람이 없었잖습니까?"

"그래서 거금을 주고 군문에서 포수 한 명을 끌어왔잖아.
나름 훈련도 받았고."

"그래 봤자 며칠이었습니다. 그리고 이런 안개 속에선 제
아무리 숙련된 포수라 해도 목표를 제대로 맞출 수가 없습니
다."

"그러니까 답답한 거지."

황우가 가슴을 쾅쾅 쳤다.

"하지만 생각해 보십시오. 승부를 짓기 위해 저들은 우리
들 앞에 모습을 드러낼 것이고 어쩔 수 없이 접근을 할 수밖
에 없습니다. 그때 화포를 사용하면 큰 효과를 볼 수 있을 것
입니다. 목표가 가까이에 있기에 오차가 심한 곡사로 쏠 필요

도 없이 직사로 쏘면 됩니다."

"그, 그런 방법이 있었군."

황우의 얼굴이 대번에 펴졌다.

"단, 화포의 재장전 시간을 감안해 볼 때 기회는 한 번, 운이 좋으면 두 번까지입니다. 저들이 바보가 아닌 이상 이쪽에 화포가 있다는 것을 알게 되면 죽을힘을 다해 배를 부딪쳐 올 겁니다. 함께 침몰하는 한이 있더라도 시간을 주려 하지는 않을 테니까요."

"한 번이면 돼. 제대로만 걸리면 모조리 황천길로 보낼 수가 있어."

"하면 일단은 적을 안심시키고 유인하기 위해서라도 처음 교전에선 화포를 사용하지 않는 것으로 하겠습니다. 선봉엔 제가 서겠습니다. 맹주님께선 화포를 실은 배를 타고 후미로 빠지셨다가 싸움이 격렬해지면 그때 지원을 해주십시오."

"하나하나 사냥을 하란 말이로군. 좋아. 그러지."

황우가 스산한 웃음을 지으며 고개를 끄덕이다 갑자기 안색을 바꿔 물었다.

"그런데 마황성에서 오기로 한 지원 병력은? 어째서 소식이 없어?"

"그렇잖아도 도착했다는 전갈을 받았습니다."

"쳇, 빨리도 왔군. 당장 싸움이 벌어질 판인데."

"곧바로 배를 띄웠으니 반 시진이면 우리 쪽과 합류를 할 것입니다."

"얼마나 왔는데?"

"오십 안팎인 걸로 압니다."

"오… 십?"

황우가 황당한 표정으로 금완을 바라보았다.

"확실하지는 않습니다."

대답은 그리했지만 금완의 태도에선 이미 결론이 나 있었다.

"개자식들. 그 많은 돈을 처먹고도 고작 그 정도 인원을 보냈단 말이야? 좋아. 자신있다는 말인데 얼마나 대단한지 내 두고 보겠어."

두 주먹을 불끈 쥐고 부르르 떠는 황우의 안색이 썩은 감자처럼 변해 버렸다.

"꼭 유리하다고만 볼 수는 없습니다."

장청은 안개 때문에 화포를 제대로 쏠 수 없다고 환호작약하는 좌중의 분위기를 경계했다. 오히려 더욱 심각한 표정이었다.

"뭐가 그리 불만인데?"

유대웅이 못마땅한 얼굴로 물었다.

"안개 덕분에 오히려 위험해질 수 있다는 말입니다. 특히 화포를 실은 배를 미리 발견하지 못한다면 치명적인 타격을 입을 수 있습니다."

유대웅이 제대로 이해를 하지 못한 듯하자 장청이 양 손끝을 마주하며 설명을 덧붙였다.

"안개로 시야가 가려진 지금, 서로의 배를 발견하는 지점은 아무리 빨라도 대략 십여 장 남짓입니다. 그 정도 거리에서 화포를 쏜다고 생각해 보십시오. 피할 방법은커녕 상대가 눈을 감고 쏜다고 해도 벗어날 방법이 없습니다."

"그런 식이라면 안개가 끼지 않아도……."

"한 번은 당하겠지만 두 번은 당하지 않겠지요. 파악이 될 테니까요. 하지만 이런 안개라면……."

"찾을 방법이 없단 말이로군. 일리가 있어."

장우기가 심각한 표정으로 고개를 끄덕였다.

비로소 상황의 심각성을 이해한 유대웅이 장청을 바라보았다.

"방법이 없는 거야?"

"일단은요. 생사곡에서 데려온 궁수대에 기대를 걸어보는 방법뿐일 것 같습니다."

"궁수대?"

"예. 아무리 준비를 하고 있다 하더라도 포를 쏘기까지 약간의 시간은 있습니다. 바로 그때, 궁수대를 동원해 포수들을 저격하는 겁니다."

"쉽지는 않겠군."

"예. 철저히 보호를 할 겁니다."

"그래도 일단은 해봐야지. 한 번만 비껴나면 돼."

입술을 꽉 깨문 유대웅이 이석에게 눈짓을 하자 이석이 하늘 높이 활을 당겼다.

삐이이이이!

공격을 알리는 효시(嚆矢)가 하늘 높이 치솟자 좌우로 펼쳐진 배에서 일제히 함성이 터져 나왔다.

"이제 군사는 후미의 지휘선으로 이동을 하지?"

"예."

"잘 부탁합니다, 장로님."

"믿게."

장우기가 고개를 끄덕이며 장청의 곁으로 다가갔다.

"대형은 처음의 계획대로 쐐기형을 유지할 것이며, 이후, 상황을 봐서 변동을 주겠습니다."

"알았다. 신호를 기다리마. 아, 그런데 황호대는 어째서 배에 오르지 않았어? 그들도 참여시키라고 한 것 같은데."

"확인할 것이 있어서 따로 움직였습니다."

"확인할 것이라니?"

"아침에 대계진 인근에 정체 불명의 무인들이 이동을 하고 있다는 첩보가 올라와서요. 혹여 무슨 수작을 꾸미는 것은 아닌가 하고 그들을 견제하기 위해 남겼습니다."

"일심맹이나 다른 수채 놈들 아냐?"

"그들은 아닌 것 같습니다. 지금껏 보지 못했던 자들이라고 하더군요."

"숫자는?"

"대략 오십 명 정도인데 풍기는 기운이 제법 날카롭다고 하였습니다."

"그래서? 어쩌고 있다고 그래?"

유대웅이 안개 너머 상대편 진영을 가리키며 물었다.

"아직 확인하지 못했습니다."

"음, 황호대는 누가 이끌고 있지? 설마 그 본좌 놈한테 맡긴 것은 아니지?"

"그럴 리가요. 곽 사부가 이끌고 있습니다."

"곽 사부라면 믿을 만하지."

"예. 성격이 다소 급하기는 하나 냉철한 판단을 하실 줄 아는 분입니다."

"그래, 열혈이기는 하지."

유대웅이 생사림에서도 수하들을 혹독하게 몰아붙이던 곽무성의 모습을 떠올리며 살짝 웃었다.

*　　　　*　　　　*

대계진에서 오 리 정도 떨어진 남쪽 야산.

장강을 한눈에 바라볼 수 있는 위치에 일단의 무리들이 자

유롭게 앉아 휴식을 취하고 있었다.

그들은 다름 아닌 황우의 요청을 받고 이틀 밤낮을 달려 대계진에 도착한 마황성 사천 분타의 무인들이었다.

그들을 이끄는 귀령사신과 음양신녀는 사천 일대에서 그 악행이 자자한 인물들이었다.

"일심맹에선 연락이 왔느냐?"

귀령사신이 나른한 음성으로 물었다.

"예. 곧 배를 보내온다 하였습니다."

"수적 나부랭이들의 간이 배 밖으로 나왔군. 노부와 마황성의 정예들을 기다리게 만들다니."

귀령사신이 보는 것만으로도 심장 떨리는 얼굴을 더욱 일그러뜨리며 소리쳤다. 그러자 그 옆에 앉아 있던 음양신녀가 고혹적인 미소를 터뜨리며 귀령사신을 달랬다.

"호호호, 그러지 마. 사실 늦은 것은 우리잖아. 약속 장소도 이곳이 아니었고."

"그거야 제놈들 사정이고."

서른도 안 되어 보이는 음양신녀가 백발이 성성한 귀령사신을 어린아이 부르듯 하는 것도 이상했지만 귀령사신이 이를 인정하는 듯한 모습을 보이는 것도 이상했다.

하지만 주안술(駐顔術)에 달통한 음양신녀의 나이가 실상은 팔십이 다 되었다는 것을 감안하면 수긍 못할 일도 아니었다. 게다가 겉으로는 인정 많고 착한 여인네의 얼굴을 하고 있지만 귀령사신보다 열 배는 더 잔인하고 포악한 위인이 음양신녀였다.

"그렇다고 너무 다그치지는 마. 버러지보다 못한 수적 놈들이지만 그래도 우리에게 짭짤한 수입을 바칠 녀석들이니까. 호호호호."

음양신녀가 간드러지게 웃자 주변에 있던 흑성대원들이 오만상을 찌푸리며 귀를 틀어막았다. 그녀의 힘에는 절로 색욕이 일게 만드는 마성이 있기 때문이었다.

얼굴을 찌푸리고 있는 것은 비단 흑성대뿐만은 아니었다.

그들로부터 십여 장 떨어진 숲, 수풀로 몸을 위장하고 있던 한 청년 또한 심각한 표정을 짓고 있었다.

'부, 분명 마황성이라고 했다.'

사내는 미친 듯이 뛰는 심장을 애써 진정시키고 있었다.

마음을 제대로 다스리지 못해 흥분을 하면 그만큼 적에게 노출될 가능성이 커지고 목숨을 잃을 확률 또한 컸다.

그는 침착함을 되찾으려고 노력했고 이내 평정심을 회복할 수 있었다.

사내의 이름은 염총.

생사림은 물론이고 황호대의 척후란 임무를 위해 생사곡에서 지옥 훈련을 겪은 정예 중의 정예였다.

'빨리 알려야 한다.'

완벽하게 기척을 지운 염총이 바닥을 기어 뒤로 물러나려

할 때였다.

그를 향해 단창 하나가 날아들었다.

피할 여유 따위는 없었다.

염총은 그 즉시 팔뚝을 입에 물었다.

퍽!

가공할 속도로 날아온 단창이 그의 왼쪽 옆구리를 관통했다.

극한의 고통이 전신으로 퍼졌지만 살점이 뜯겨져 나갈 정도로 팔뚝을 물고 버텨내는 염총의 입에선 비명이 흘러나오지 않았다.

"흠, 아닌가?"

숲에서 풍기는 미약한 기운을 감지하고 단창을 던진 귀령사신은 별다른 반응이 나오지 않자 고개를 갸웃거렸다.

"아니, 본녀도 느꼈다. 틀리지 않았을 거야."

음양신녀의 말에 흑성대주 곤(崑)이 소리쳤다.

"빨리 확인해라. 어서."

명이 떨어지기가 무섭게 숲으로 달려간 흑성대원들이 염총의 핏자국을 확인했다.

"첩자가 있었던 것 같습니다."

"상태는?"

"숲 쪽으로 도주했습니다."

보고를 접한 귀령사신의 미간이 꿈틀댔다.

첩자가 자신의 창을 피해 도주를 했다는 것이 믿기지 않았다.

"호호, 그사이 실력이 많이 줄은 것 같네. 창 하나 제대로 던지지 못해서야 원."

음양신녀의 비웃음에 귀령사신은 두 주먹을 불끈 쥐었다.

"곤."

"예, 어르신."

"당장 놈을 쫓아라. 결코 놓쳐선 안 될 것이다."

"존명."

귀령사신의 명이 아니더라도 적의 첩자를 놓쳤다는 망신을 당하기 싫었던 곤은 수하들 중 추격에 능한 이들을 선별하여 염총을 쫓게 했다.

"상처 입은 쥐새끼는 반드시 집으로 돌아가게 되어 있지."

귀령사신이 염총이 사라진 숲을 보며 진하디진한 살기를 내뿜었다.

*　　　*　　　*

"저, 적이다."

와호채에서 가장 먼저 적과 조우한 배는 유대웅이 탄 대장선이 아니라 좌우로 넓게 퍼뜨려 놓은 연락선이었다.

안개를 뚫고 눈앞에 나타난 배의 위용은 대단했다.

"어서 신호를!"

누군가의 외침에 따라 선미에서 활을 들고 있던 수적 하나가 화살을 쏘아 올렸다.

화살이 하늘로 솟구침과 동시에 연락선은 적선에 들이받혀 그대로 침몰하고 말았다.

삐이이이잇.

가늘고 긴 휘파람 소리가 대계진에 울려 퍼지고 쐐기형의 맨 뒤에서 이동을 하던 장청은 적이 정면이 아닌 좌측에서 나타난 것을 확인한 즉시 북을 울려 이동하던 배의 포진을 바꿨다.

선봉에 섰던 유대웅이 날개가 되고, 중앙에 위치해 있던 비응채의 배가 선봉이 되었다.

"공을 세울 좋은 기회다. 모두 정신들 똑바로 차렷."

얼마 전, 황룡첩을 인정하고 스스로 와호채 밑으로 들어간 비응채주 양응천(梁膺天)이 수하들을 독려했다.

그의 말이 끝나기가 무섭게 적의 배가 눈에 들어왔다.

양응천의 이마에서 식은땀이 흘렀다.

화포라는 존재로 인해 가장 위험한 때는 처음 적과 조우하는 순간.

비응채의 배에 승선하고 있던 궁수대 여섯의 눈이 일제히 적의 화포, 아니, 적의 포수를 찾기 위해 움직였다.

"화살을 날려라!"

적에게 화포가 없다는 것을 확인한 양웅천의 음성이 쩌렁쩌렁하게 울려 퍼지고 동시에 거대한 화살이 적의 배를 향해 날아갔다.

화살의 크기만큼 연사가 쉽지는 않았지만 위력만큼은 커서 화살에 박힌 곳은 무시무시할 정도로 패이거나 부서졌다.

적진에서도 화살과 돌덩이가 날아들고 배는 순식간에 만신창이가 되어갔다.

하지만 비웅채도, 그와 상대하는 적도 단순히 화살이나 돌덩이 몇 개 오고 간다고 해서 싸움이 끝나지 않는다는 것을 알고 있었다.

그사이 배는 서로의 선수를 비껴 나가며 나란히 섰다.

양쪽에서 무수한 갈고리가 날아들고, 배와 배 사이를 연결하는 가교가 만들어졌다.

싸움은 어느 한쪽 배에서 이뤄지지는 않았다.

상당수의 인원이 서로의 배로 넘어간 상태로 양쪽에서 치열한 혈전이 벌어졌다.

혼전을 거듭하던 전황은 이내 와호채의 우세로 넘어갔다.

이는 처음에 적의 배를 발견할 당시 배에 탑승했던 포수를 노리던 궁수대가 화포가 없음을 확인하자마자 적의 지휘관들을 요격했기 때문이었는데 육인일조가 되어 집중되는 화살 공격에 버티는 사람은 거의 없었다.

그렇게 본격적인 싸움이 시작되기도 전에 수뇌진들을 잃

었으니 제대로 된 싸움이 될 턱이 없었다.

싸움이 시작된 이후에도 돛대 위로 올라가 아군을 지원하는 궁수대의 활약은 대단했으니 그들 덕에 목숨을 건진 이들이 부지기수였다.

또한 공을 세워 와호채에서 입지를 단단히 세우고자 하는 비응채의 선전 덕에 서전은 와호채의 일방적인 승리로 끝나가고 있었다.

"이겼다! 우리의 승리를 알려라!"

가장 먼저 적진에 뛰어들어 마침내 우두머리의 목을 친 양웅천이 기쁨에 겨워 소리쳤다.

곁에 있던 수하 하나가 하늘을 향해 화살을 쏘았다.

삐이이잇.

쉬이이익!

한데 하늘로 치솟은 화살은 하난데 주변에 울리는 소리는 두 개였다.

양웅천이 그 차이를 눈치채기도 전, 승리의 환호성이 터져 나오던 비응채의 수적선에서 엄청난 폭발음이 터져 나왔다.

꽝! 꽝! 꽝!

연이어 울리는 세 번의 굉음.

처절한 비명 소리가 들렸지만 주변을 울리는 폭발음에 모조리 묻힐 정도였다.

"아, 안 돼!"

수하들이 갈기갈기 찢겨 나가고 평생을 함께 한 배가 산산이 부서져 나가는 모습을 바로 앞에서 목도한 양웅천이 분노로 몸을 떨었다.

"배를, 배를 놈들에게 붙여라!"

양웅천이 미친 듯이 소리쳤지만 지금 그가 점령한 배는 애당초 적선이었다.

노꾼들의 목숨이 붙어 있다지만 그의 명령이 일사불란하게 전달될 리가 없었다. 게다가 얼마 남지 않은 인원으로 다시 싸움을 해봐야 개죽음만 따를 뿐이었다.

"지금은 피해야 돼, 두목!"

양웅천을 따라 적선에 올라 엄청난 활약을 한 아들 양곽(梁廓)이 양웅천의 팔을 잡아끌며 말했다.

"놔라! 저놈들이 어떤 짓을 했는지 보지 않았느냐? 복수를 해야 한다!"

"제정신이야? 복수라는 것도 살아 있어야 하는 거잖아! 지금 이대로 놈들과 붙으면 그대로 전멸이야!"

"시끄럽다! 뭣들 하느냐? 당장 놈들과 응전할 준비를 해라!"

분노로 눈이 뒤집힌 양웅천이 미쳐 날뛰자 그의 후미로 돌아간 양곽이 재빨리 점혈을 했다.

양웅천이 믿을 수 없다는 눈으로 노려보자 양곽이 한숨을 내쉬었다.

"나중에 날 패 죽이든 말든 마음대로 해. 하지만 이건 정말 병신 같은 짓이야. 복수는커녕 겨우 살아 있는 녀석들까지도 개죽음을 시키려는 거잖아. 일단은 살아야지."

양웅천이 어찌 반응하든 고개를 홱 돌려 버린 양곽이 곁에서 어쩔 줄을 몰라 하는 수하들에게 소리쳤다.

"뭐해? 탈출하지 않고! 지금쯤이면 화포도 재장전이 다 되었을 거다! 두목 모시고! 점혈은 뛰어내린 다음 풀고!"

"어디로 탈출한단 말입니까? 배도 없습니다."

"일단은 반대편으로 뛰어들어. 평생 물질에 익숙한 놈들이니까 물에 빠져 뒈질 일은 없을 거 아냐? 정 뭣하면 나무판자 하나씩 꿰차면 되는 거고. 조금만 버티면 본진에서도 폭음을 들었을 테니까 구조하러 올 거다. 시간 없으니까 빨리 서둘러."

양곽이 다시금 명을 내리자 비웅채의 수적들이 물로 뛰어내리기 시작했다.

양웅천이 수하들의 부축을 받으며 물에 뛰어들고 그의 머리가 수면 위로 올라온 것을 확인한 양곽이 처참하게 훼손된 비웅채의 배로 뛰어들었다.

꽝! 꽝! 꽝!

양곽이 비웅채의 배로 뛰어드는 것과 때를 같이하여 불을 뿜은 화포가 방금 전, 그와 비웅채의 수적들이 점령했던 배를 초토화시켜 버렸다.

"살벌하군."

폭발에 휘말려 날아든 나무 파편을 등으로 받아낸 양곽이 비틀거리며 읊조렸다.

하지만 머뭇거릴 시간이 없었다.

재빨리 물로 뛰어든 양곽은 화포를 발사한 배를 향해 은밀히 헤엄쳐 갔다.

처음 써본 화포의 위용을 과시라도 하듯, 아니면 연습이라도 하듯 적은 나란히 붙어 있는 배가 완전히 박살이 나 침몰하기 전까지 화포를 쏘아댔다. 덕분에 양곽은 적들에게 발각되지 않고 적선의 후미에 접근할 수 있었다.

'네놈은 내가 잡는다.'

선체 틈에 칼을 박은 뒤 얇은 밧줄 하나로 칼과 자신의 몸을 연결한 양곽의 몸이 수면 아래로 사라졌다.

그가 사라진 수면 위에는 갈대로 만든 얇은 대롱 하나가 솟아 있을 뿐이었다.

"나타났군."

갑자기 들려오는 폭음 소리에 고개를 획 돌린 유대웅의 안색이 살짝 굳었다.

폭음 소리가 들렸다는 것은 적의 화포가 등장했다는 것이고 십중팔구 아군의 피해가 발생했다는 것을 의미했다.

'누가 당한 거지?'

생각할 여유는 없었다.

그를 향해 맹렬한 공격이 쏟아졌기 때문이었다.

"감히 노부 앞에서 딴생각을 하다니!"

일심맹의 장로 환격(煥激)이 노호성을 터뜨리며 유대웅을 압박했다.

"제법인데, 영감."

몇 번이나 몸을 틀고 발을 놀린 다음에야 비로소 환격의 공세에서 벗어난 유대웅이 진심을 담아 칭찬을 했다.

조금의 가식도 느껴지지 않는 그의 칭찬에 환격의 얼굴에 자부심이 가득 찼다.

"아직 멀었다. 이제부터가 시작이니까."

환격은 물결 모양의 연검을 휙휙 흔들며 위협을 가했다.

그 모양을 가만히 보고 있던 유대웅의 입꼬리가 지그시 올라갔다.

"그 말, 내가 하고 싶었던 말이야."

유대웅의 자세가 변한 것은 그때부터였다.

수적들, 이미 배에 타고 있던 적을 모조리 쓸어버린 호천단원들의 웅성거림 또한 그때부터 시작되었다.

귀를 쫑긋 세워 듣던 환격이 어처구니없는 표정을 지었다.

호천단원들이 나누는 대화는 간단했다.

유대웅이 과연 몇 초 만에 환격을 쓰러뜨리는지 내기를 하는 것이었다.

무엇보다 환격을 짜증나게 만든 것은 대다수가 십 초 이내의 승부를 예상했다는 것.

"이것을 제대로 막아낸다면 그 실력 확실히 인정을 해주지, 영감."

짧게 숨을 내뱉은 유대웅의 초천검이 환격을 노리며 날아갔다.

"노부에게 이따위 어설픈 공격이 통할 것 같더냐!"

그렇지 않아도 화가 머리끝까지 치민 환격이 광오하게 외치며 초천검을 후려쳤다.

하지만 그의 검은 허무하게 허공을 갈랐다.

초천검이 갑자기 방향을 바꿔 배꼽 아래의 급소를 노렸기 때문이었다.

기겁을 한 환격이 몸을 틀고 연검을 맹렬히 휘둘러 공격을 막아냈지만 그것이 시작이었다.

이후, 그가 움직이는 곳엔 늘 유대웅의 검이 먼저 도착해 압박하기 시작했고 아무리 필사적으로 애를 쓰며 공세에서 벗어나려고 해도 아무런 소용이 없었다.

"망할 놈!"

이를 악문 환격이 전신의 내력을 연검에 집중하기 시작했다.

낭창낭창 흔들리던 연검의 움직임이 굳어지더니 검에서 눈이 부시도록 청명한 빛이 뿜어져 나오기 시작했다.

"음!"

환격이 그 정도 수준에 도달했을 줄은 미처 예상치 못한 유대웅이 탄성을 터뜨렸고, 그 찰나 환격이 혼신을 다한 일격을 내질렀다.

날카로운 파공성과 함께 연검에서 뿜어져 나온 한줄기 기운이 유대웅을 노리며 짓쳐들었다.

"이만 끝냅시다."

유대웅이 초천검을 머리 위로 치켜세웠다. 그리곤 어느새 코앞까지 육박한 기운을 향해 검을 내리쳤다.

"하앗!"

직지단천이었다.

"아!"

환격은 자신이 전력을 다해 발출한 기운을 단숨에 소멸시켜 버리는 거력에, 심지어 하늘마저 가를 듯한 압력에 두 눈을 부릅떴다.

짜드드드드.

초천검에서 뿜어져 나온 힘은 환격의 공격을 흔적도 없이 지워 버린 후, 환격과 그가 디디고 있는 갑판까지 초토화시켜 버렸다.

"커억!"

외마디 비명과 함께 뒤로 날아가 처박히는 환격의 손에는 검신이 사라진 연검의 손잡이만이 덩그러니 들려 있었다.

잠시 그를 바라보던 유대웅이 몸을 돌려 물었다.

"끝났나?"

"예, 채주."

이석이 한 발 뒤로 물러나며 대답했다.

"그럼 다음 목표로. 아, 일단 군사에게 승리를 알려야겠군."

"알겠습니다."

허리를 꺾으며 명을 받은 이석이 뒤쪽으로 손짓을 하자 승전보를 알리는 화살을 후미로 날려 보냈고 멈췄던 배가 서서히 움직이기 시작했다.

*   *   *

"지금 마… 황성이라고 했느냐?"

묻는 곽무성의 음성이 살짝 떨렸다.

순간적으로 창백해진 낯빛 또한 그가 얼마나 놀라고 있는지를 보여줬다.

"그, 그렇습니다."

귀령사신이 던진 단창에 옆구리를 관통당한 채 필사적으로 적진을 빠져나온 염총이 힘겹게 고개를 끄덕였다.

"놈들의 위치는?"

"십… 리 정도 떨어진 곳에 있었습니다만… 아마도 제 뒤를 추격해 오지 않… 을까 싶습니다."

말을 하는 것 자체가 고통인지 염총의 호흡이 점점 가빠졌다.

"고생했다."

곽무성은 오한이 드는 것인지 몸을 심하게 떨고 있는 염총에게 장삼을 벗어 덮어주더니 그의 상처를 살피고 있던 몽오(夢旿)에게 물었다.

"어떠냐?"

최근에 의술을 알고 있는 자들만 따로 모아 신설된 이생당(二生堂)의 소속으로 황호대에 지원을 나와 있는 몽오가 굳은 표정으로 대답했다.

"심각합니다만 천행으로 장기가 상한 것 같지는 않습니다. 어쩌면 목숨을 구할 수도 있을 것 같습니다."

"염총의 말대로라면 적이 곧 이곳으로 몰려올 것 같다. 너는 즉시 염총을 데리고 후미로 빠져라."

"하지만 저 혼자……."

"너 하나 있다고 도움이 되지 않아. 또한 염총처럼 목숨을 걸고 임무를 수행한 이는 반드시 살려야 한다. 이곳에서 그 일을 할 사람은 너뿐이다. 그것이 너의 임무이고. 황견(黃堅)과 오명(吳名)."

"예, 사부."

황견과 오명이 앞으로 나섰다.

"둘이 몽오를 도와 염총을 살린다."

"알겠습니다."

황견과 오명이 동시에 대답했다.

적을 앞에 두고 빠져야 한다는 것이 다소 불만족스러웠지만 동료의 목숨을 구하는 일 앞에서 항명은 있을 수 없었다.

잠시 오명과 눈짓을 주고받던 황견이 이미 혼절해 있는 염총을 들쳐 업더니 그대로 달리기 시작했다.

오명이 무공이 다소 부족한 몽오를 도와 뒤따르기 시작했다.

그들이 사라지자 곽무성은 아직 공석인 황호대주를 대신하여 황호대를 이끌고 있는 부대주 두천행(豆天行)을 불렀다. 그리곤 잠시 생각에 잠기다 일행과 어울리지 못하고 가장 외각에서 홀로 휴식을 취하고 있는 호태악을 불렀다.

"무엇 때문에 본좌를 부른 것이오?"

호태악이 거만한 걸음걸이로 다가와 물었다.

순간, 곽무성과 두천행은 물론이고 귀를 쫑긋 세우고 있던 황호대원들이 포기했다는 듯 고개를 설레설레 내저었다.

호태악이 황호대주로 내정되었음은 알 만한 사람은 다 알았고 마음에 들지 않아도 목숨을 내맡길 대주기에 나름 좋은 면을 보려고 노력을 했다.

하나, 아무리 좋게 봐주려고 해도 참으로 적응이 안 되는 인간임을 다시금 확인한 것이었다.

"마황성이 움직였다."

"……."

그간 생사림에 처박혔다가 갑자기 움직이게 된 호태악은 상황이 어찌 돌아가는지 제대로 파악하지 못하고 있었다.

그 역시 눈이 있고 귀가 있기에 와호채가 일심맹과 결전을 벌이고 있다는 것을 알고는 있었지만 난데없이 마황성이라는 이름이 등장하자 그가 생각하고 있는 그림이 이상하게 변질되어 버렸다.

"일심맹에서 마황성을 불러들였다."

"뭐요!"

호태악이 벼락같이 화를 냈다.

그 음성과 기세가 어찌나 살벌한지 곽무성이 흠칫 놀라 뒷걸음질을 할 정도였다.

"일심맹이 이 모양 이 꼴이 된 이유를 정말 모른단 말이야? 혈사림으로도 부족해 이번엔 마황성이라니. 미쳤군. 미쳐도 아주 단단히 미쳤어. 돌대가리들 같으니."

호태악은 분기를 참지 못하고 연신 욕설을 내뱉었다.

"닥치고 내 말 들어. 지금은 그게 중요한 것이 아니다."

곽무성이 화를 내자 호태악이 고개를 홱 돌렸다.

"그놈들이 지금 이리로 오고 있다. 바로 우리를 노리고."

호태악의 화난 얼굴에 차가운 미소가 흘렀다.

"차라리 잘됐군. 이참에 마황성이고 일심맹이고 모조리 쓸어버리면 되는 거잖소."

"그게 말처럼 쉬운 일이었으면 좋겠다. 다른 곳도 아니고 마황성이다. 개개인의 실력이 우리를 훨씬 능가하는 마황성. 게다가 그들을 이끄는 두 노괴의 실력은 상상을 초월할 정도로 막강하고."

곽무성이 힘 빠진 음성으로 말하자 호태악이 콧방귀를 뀌었다.

"피할 생각이오?"

"그럴 수야 없지. 어차피 우리가 아니면 우리의 동료들을 노릴 놈들이니까."

"놈들을 피할 생각이 아니라면 싸우기도 전에 기운 빠지는 소리 하지 마쇼. 마황성? 개나 줘버리라지. 본좌만 믿으면 되는 거요. 내가 모조리 쓸어버릴 테니까."

호태악이 쌍부를 움켜쥔 손으로 가슴을 탕탕 쳤다.

"네놈들도 본좌만 믿으면 되는 거다. 노괴들은 본좌가 상대할 테니 잔챙이들만 책임지면 돼."

밑도 끝도 없는 호태악의 자신감에 다들 멍한 얼굴을 하고 있을 때, 염총이 도주해 온 방향에서 사이한 웃음소리가 들려왔다.

"호호호호, 아주 재밌는 아이네. 앞서 오길 잘했어."

음양신녀였다.

처음부터 그 자리에 있었던 것처럼 허리춤에 양손을 올리고 고혹스런 웃음을 짓고 있는 음양신녀의 눈은 먹잇감을 눈 앞에 둔 뱀의 그것처럼 차갑게 빛났다.

"계집, 네년은 뭐냐?"

호태악이 다짜고짜 욕설을 내뱉었다.

"계… 집? 지금 네… 년이라고 했느냐?"

생글거리고 있던 음양신녀의 얼굴에 한기가 깔리는 것은 순식간이었다.

"꺼져라, 계집. 본좌는 냄새나는 계집 따위와는 싸우지 않는다."

"냄새나는……."

음양신녀는 차마 말을 잇지 못하고 모욕감에 부르르 떨었다.

그녀의 전신에서 엄청난 살기가 피어올랐다.

그것을 아는지 모르는지 호태악의 막말은 계속 이어졌다.

"본좌가 아량을 베풀 때 얼른 가서 네 기둥서방이나 불러 오너라. 아니면……."

"아니면?"

살기 어린 음성으로 반문하는 음양신녀의 손엔 어느새 긴 채찍이 들려 있었다.

"뭐, 본좌의 취향은 아니다만……."

호태악이 그다지 내키지 않는 표정으로 음양신녀의 위아래를 훑었다.

"……"

분노가 극한에 이르자 오히려 차분해졌다.

"그것으로 네놈의 운명은 결정되었다. 갈가리 찢어 물고기 먹이로 던져 주마."

음양신녀가 손목을 살짝 움직였다.

그러자 거의 삼 장여에 이르는 채찍이 허공에서 춤을 추며 섬뜩한 파공음을 쏟아냈다.

"아무도 나서지 마. 나서는 놈은 본녀의 손에 죽는다."

후미에서 모습을 드러낸 귀령사신과 흑성대에 경고한 음양신녀의 눈에선 혈화(血花)가 피어올랐다.

第二十五章
웅풍금가(雄風金家)

툭.

장청이 딱딱히 굳은 얼굴로 손에 들린 서찰을 떨어뜨렸다.

"무슨 일인가?"

평소 장청이 그토록 당황하는 모습을 본 적이 없던 장우기가 심각한 표정으로 물었다.

"……."

장청이 아무런 대답이 없자 장우기가 답답함을 참지 못하고 살짝 언성을 높였다.

"무슨 일인가 묻지 않나?"

그제야 퍼뜩 고개를 돌린 장청이 침중한 음성으로 대답

했다.

"황호대로부터 연락이 왔습니다."

"황호대? 대체 무슨 내용이기에……."

"이 싸움에 마황성이 개입했다는군요."

"마… 황성?"

장우기는 장청이 무슨 얘기를 하는지 모르겠다는 표정으로 읊조리다 그 의미를 깨닫고는 얼굴이 하얗게 질려 버렸다.

"서, 설마 마황성이 일심맹을 지원하러 왔다는 말인가?"

"예. 오늘 아침 대계진 인근에서 수상한 움직임이 있다는 보고가 있었다는 것을 기억하고 계실 겁니다."

"그, 그랬지."

"황호대를 후미로 돌린 것도 그들을 견제하기 위함이었는데 그들의 정체가……."

"마… 황성이란 말이군."

"그렇습니다."

"하면 황호대는 지금 어찌하고 있다 하는가?"

장우기가 다급히 물었다.

"아무래도 그들과 충돌이 있을 것 같습니다."

"안 돼. 다른 곳도 아니고 마황성이야. 빨리 전서구를 띄우게. 마황성과의 충돌은 반드시 피해야 해."

마황성이란 이름이 주는 압박감에 장우기는 냉철한 판단을 하지 못하고 있었다.

장청은 생각이 달랐다.

"일심맹을 지원하기 위해 온 자들입니다. 피하는 것만이 능사는 아닙니다."

"황호대로 감당할 상대가 아니니 하는 말이네."

"저는 황호대가 그리 약하다고는 생각하지 않습니다. 물론 역부족이라는 것도 알고 있습니다만, 이번 싸움을 이기기 위해서는 반드시 그들을 막아야 합니다."

"무모한 일일세. 노부 역시 황호대가 강하다는 것은 알고 있네. 웬만한 문파의 제자들과 싸움을 해도 속절없이 밀리지는 않을 게야. 하나, 상대는 다름 아닌 마황성일세. 한 지역의 패주 따위가 아니라 무림을 삼분하고 있는 마황성."

"그럼에도 싸워야 하는 상황입니다."

"전멸을 면치 못할 것이네."

장우기가 비관적인 표정으로 말했다.

"그렇게 되지 않도록 만들어야겠지요."

"방법이 있나?"

"지원군을 보낼 생각입니다."

"지원군? 이곳의 상황도 다급한데 지원군을 뺄 여력이 있을까?"

장우기는 장청의 의견에 상당히 회의적이었다.

"화포가 제압이 되었다면 모르겠지만 아무래도 많은 인원을 돌릴 수는 없겠지요. 해서 태상장로님께 도움을 요청할 생각입니다."

"태상장로님을?"

"예. 마황성 정도 된다면 태상장로님께서 나서주셔야 상대가 될 것 같아서요."

"일리있는 말이군."

장우기가 고개를 끄덕이자 장청이 말을 이었다.

"마 장로님께도 부탁을 드릴 생각입니다."

"그 친구는 아무래도 이쪽보다는 그쪽의 싸움이 어울리지. 움직이려면 빨리 움직여야 할 것이네. 마황성이라면 황호대가 얼마 버티지 못해."

"예."

장청은 장우기의 동의가 떨어지자마자 운밀각의 수하를 불러 몇 마디 명을 내렸다.

잠시 후, 지휘선에서 전서구 두 마리가 날아올랐다.

"늦지 않았으면 좋겠군."

"그리되기를 빌어야겠지요."

최악의 경우는 상상하기조차 싫은 듯 장청의 음성도 살짝 떨렸다.

"크으으."

짧은 신음과 함께 금완의 신형이 비틀거렸다.

반쯤 부러진 돛대에 의지해 몸을 바로잡은 금완은 붉게 충혈된 눈으로 주변을 둘러보았다.

선상 곳곳에서 싸움이 벌어지고는 있었지만 결과는 이미 나와 있었다.

좌측에서 안개를 뚫고 접근한 적에게 배를 침범당한 지 고작 이각이었다. 한데 치열한 혈전 끝에 육십이 넘던 수하들 중 남아 있는 사람은 십여 명뿐이었고 그나마도 일방적으로 밀리는 것이 전멸은 시간문제처럼 보였다.

금완이 자신을 향해 천천히 다가오는 노인에게 시선을 돌렸다.

"큭!"

언제 생사투를 벌였냐는 듯 여유로운 걸음걸이를 보자 허탈한 웃음만 흘러나왔다.

아무리 거세게 공격을 퍼부어도 한 치의 빈틈도 허락하지 않은, 가장 먼저 배에 올라 단칼에 수하 일곱을 베어버리는 것으로 사실상 싸움을 끝내 버린 인물.

사람들이 어째서 일도파산을 무림십강에 버금가는 인물로 꼽는지 그 이유를 알 수 있었다.

"실력이 제법이야."

자우령이 이마에 튄 핏자국을 닦으며 말했다.

"……."

금완은 아무런 대꾸도 할 수가 없었다.

지금 그의 상태는 대답은커녕 서 있는 것조차 힘겨울 정도였다.

"하지만 노부를 너무 만만히 보았구나. 설마하니 본신의 실력을 숨기고 대적이 가능할 것이라 본 것이냐?"

"무, 무슨 말입니까?"

금완이 영문을 모르겠다는 표정으로 물었으나 어딘지 모르게 묘한 망설임이 느껴졌다.

"웅풍금가(雄風金家)! 아니더냐?"

"헉! 그, 그걸 어찌?"

금완이 놀란 눈을 부릅떴다.

"무공을 펼칠 때마다 은연중 뿜어져 나오는 뇌기(雷氣)는 네가 뇌정기공(雷霆氣功)을 익혔음을 증명하는 것이었고, 아무리 많은 변화를 주었다고는 하나 도법 또한 웅풍금가의 독문도법인 웅풍십팔도(雄風十八刀)를 바탕으로 하는 것이었다. 물론 처음부터 확신을 한 것은 아니었다. 해서 조금 두고 본 것이지."

금완은 비로소 자우령이 몇 번이나 자신의 목숨을 취할 수 있었음에도 그러지 않고 손속에 인정을 둔 이유를 알 수 있었다.

아마도 봉인하고 있는 웅풍금가의 무공을 끌어내기 위함이리라.

"이제는 단언할 수 있다. 너는 웅풍금가의 후손이다."

"……."

"틀리느냐?"

자우령의 차갑게 가라앉은 눈을 마주한 금완은 더 이상 속일 수가 없었다.

"맞습니다."

구 할 이상을 확신하고 있었지만 막상 본인으로부터 그렇다는 대답을 듣게 되자 자우령은 만감이 교차하는 눈빛으로 금완을 응시했다.

"이십 년 전 멸문당했다고 알려진 웅풍금가의 후손을 여기서 만나게 될 줄이야."

크게 탄식을 한 자우령이 당혹스런 표정을 짓고 있는 금완에게 말했다.

"노부가 어찌 웅풍금가의 무공에 대해 그리 자세히 알고 있는지 궁금한 모양이구나."

"그, 그렇습니다."

잠시 회상에 잠겼던 자우령이 팔소매를 걷어 올렸다.

마치 뱀 두 마리가 또아리를 틀고 있는 듯한 흉측한 상처가 팔뚝에서 어깨까지 이어져 있었다.

"이건 노부가 아무것도 모르던 시절 오로지 혈기 하나만으로 수많은 무인들과 비무를 벌이던 때, 당시 웅풍금가의 가주였던 금전(金顚) 노선배에게 당한 부상이다."

"아!"

자우령의 입에서 생각지도 못한 조부의 이름이 흘러나오

자 금완의 입에서 탄성이 터져 나왔다.

"비무에서 패한 이후, 난 노선배로부터 많은 가르침과 조언을 들을 수 있었다. 그것이 자양분이 되어 한층 실력을 키울 수 있었지. 솔직히 노부의 천뢰육도는 웅풍십팔도의 영향을 많이 받기도 하였고."

금완은 한참 전에 멸문해 버린 가문의 흔적을 자우령을 통해 다시 기억하게 되자 감회가 새로웠다.

그가 어린 나이에 돌아가신 조부와의 추억을 아련하게 떠올릴 즈음 자우령이 물었다.

"그나저나 대체 어찌 된 것이냐? 과거와 다르다고는 해도 하룻밤 만에 잿더미가 돼버릴 정도로 웅풍금가의 힘이 약하지는 않았을 터인데."

당시 웅풍금가의 멸문을 두고 무림엔 온갖 억측과 소문이 돌았다.

특히 웅풍금가 정도의 세력을 하룻밤 만에 잿더미로 만들 수 있는 힘을 지닌 곳은 마황성과 혈사림 정도인지라 수많은 의심의 눈초리가 그들에게 향했는데 마황성과 혈사림은 긍정도, 부정도 하지 않았다. 그저 무시했을 뿐이다.

심증적으로 마황성이냐, 혈사림이냐는 의견이 난무할 때, 특이하게도 정무맹이 그들의 무죄를 입증해 주었다.

웅풍금가가 멸문을 당할 당시 마황성과 혈사림에선 그 어떤 움직임도 없었다는 것이 조사 결과 드러났기 때문이었다.

이후에도 수많은 의혹이 있었지만 그 모든 것은 결국 의혹으로 남겨지고 웅풍금가의 멸문은 그렇게 세인들의 기억에서 잊혀져 갔다.

"소문대로 마황성이나 혈사림이 개입한 것이냐?"

"아닙니다."

"하면 대체 누가?"

"모릅니다. 그들이 누구며, 무슨 이유로 본가를 공격했는지 알지 못합니다. 기억나는 것은 단 하나, 그들의 무력이 지금껏 들어본 적이 없을 정도로 강력했다는 것입니다. 본가의 정예들이 속수무책으로 당했습니다."

"허!"

"적의 마수에서 간신히 목숨을 구한 뒤 은밀히 조사를 해 보았지만 아무런 흔적도 찾을 수가 없었습니다."

"당시에도 흉수를 찾지 못했는데 무리도 아니지. 전 무림이 나섰다고 해도 과언이 아니었으니까 말이다."

이해한다는 듯 고개를 끄덕이던 자우령이 때마침 들려온 비명에 얼굴을 찌푸렸다.

"한데 그런 금가의 후예가 어째서 수적질을 하고 있는 것이냐? 노부야 원래 출신이 그렇다 쳐도 웅풍금가는 손꼽히는 명문가였다. 대대로 수많은 영웅협객을 배출한 명문가."

"……."

"비록 흉수를 찾지는 못했더라도 웅풍금가의 사람으로서

가문을 다시금 일으켜 세우고자 불철주야 노력해야 마땅하거늘 어째서 황우와 같은 쓰레기 밑에서 일하고 있는지 이해할 수가 없구나. 웅풍금가의 무공을 쓰지 않았다는 것은 스스로도 부끄러워하고 있다는 것. 이유를 말해보거라."

자우령의 음성에 노기가 깃들었다.

금완이 힘없이 대답했다.

"당시 무령채의 채주였던 맹주에게 목숨을 구원받았습니다."

"목숨을 구원받아?"

"예. 적에게 쫓기다 강가에 쓰러져 사경을 헤매고 있는 저의 목숨을 맹주가 구해주었습니다."

"아무리 그렇기로서니……."

금완을 다그치던 자우령은 그가 황우에게 목숨의 빚을 지고 있다는 말에 차마 화를 낼 수가 없었다.

목숨빚을 졌다면 금완이 황우의 수족 노릇을 하고 있는 것도 이해하지 못할 바는 아니었다.

답답했는지 길게 한숨을 내뱉은 자우령이 다시 입을 떼려던 찰나였다.

"태상장로님."

전령 하나가 다급히 달려와 무릎을 꿇었다.

"무슨 일이냐?"

"지휘선에서 전서구가 날아왔습니다."

"전서구가?"

자우령이 고개를 갸웃거리며 전령이 전한 서찰을 펼쳤다.

글은 짧았지만 내용만큼은 강렬했다.

와락 서찰을 구긴 자우령이 금완에게 고개를 홱 돌리며 소리쳤다.

"마황성을 끌어들인 것이냐?"

금완은 차마 대답을 하지 못하고 고개를 떨구었다.

"한심한!"

하지만 화를 내고 있을 시간도 없었다.

서찰의 내용대로라면 황호대의 목숨이 지극히 위태로웠다.

"어차피 이번 싸움은 끝났다. 화포 따위를 동원한다고 해도 이길 수 있는 싸움이 아니야. 쓸데없는 짓 하지 말고 이곳에 처박혀 있거라. 노부와는 아직 할 말이 많을 터이니."

금완에게 자중하라 명을 내린 자우령이 급히 몸을 돌렸다.

시간을 지체하면 지체할수록 지난 몇 년간 제자처럼 돌보던 아이들의 목숨이 사라지리란 생각에 등에서 식은땀이 흘렀다.

'한 놈도 살아 돌아가지 못할 것이다.'

애도를 꽉 움켜쥔 자우령의 눈에선 무시무시한 살기가 뿜어져 나오고 있었다.

"이 괴물 같은 놈!"

오른쪽 어깨와 허리에 치명적인 공격을 허용하는 바람에 전신이 피투성이로 변해 버린 중강삼살의 우두머리 이강(李彊)이 입에 고인 피를 토해내며 달려들었다.

싸움이 시작되고 형제들과 죽을힘을 다해 공격을 퍼부었으나 결과는 처참했다.

가장 용맹했던 둘째가 두 다리를 잃고 제일 먼저 쓰러졌고 막내 아우마저 자신을 대신해 목숨을 잃었다.

세간의 평가야 어찌 되었든 한 핏줄을 받고 태어나 평생을 함께 한 아우가 자신의 목숨을 살리기 위해 쓰러지는 것을 본 순간, 그의 이성은 이미 마비가 된 상태였다.

"죽어랏!"

이강은 몸에 남아 있는 힘을 하나도 남김없이 쥐어짜고 아우의 죽음에 대한 분노, 살의를 담아 검을 찔렀다.

방어 따위는 없었다.

그의 부상 역시 목숨을 장담하기 힘들 정도로 위중한 상태였고 지금이 아니면 다시는 복수할 기회를 잡지 못할 터. 그에겐 오직 유대웅의 목숨을 취하겠다는 일념뿐이었다.

중강삼살의 막내가 가슴에 박힌 초천검을 꽉 움켜쥐고 숨이 끊어진 상태라 미처 검을 회수하지 못하고 공격을 맞게 된 유대웅의 안색이 살짝 굳었다.

'성공이다!'

이강은 검에서 느껴지는 묵직한 감촉에 온몸을.부르르 떨었다.

'빌어먹을 괴물 놈. 하나, 결국엔 우리가 이겼다.'

이강은 손끝을 타고 전해지는 느낌을 만끽하며 고개를 들었다.

코앞에 유대웅의 얼굴이 있었다.

한데 뭔가가 이상했다.

그의 표정은 치명적인 공격을 허용한 사람의 것이 아니었다.

얼굴에선 그 어떤 고통의 흔적도 보이지 않았다.

오히려 너무도 무심하여 소름이 끼칠 정도였다.

당황한 이강이 재차 공격을 하기 위해 유대웅의 몸에 박아넣었던 검을 빼려 했다.

바로 그 순간, 그는 유대웅의 얼굴 밑에 익숙한 이의 얼굴이 또 하나 존재한다는 것을 알아차렸다.

움직임이 그대로 멈추었다.

자신도 모르게 검을 놓치고 말았다.

온몸에서 힘이 빠져 제대로 서 있을 수도 없었다.

자신의 검이 유대웅이 아닌 자신의 아우의 몸에 박혔다는 것을 깨달은 순간, 그는 넋이 나간 표정으로 자리에 주저앉았다.

그의 앞에 유대웅의 방패 역할을 했던 아우의 몸이 무너져 내렸다.

"이렇게까지 할 생각은 없었소."

위기의 순간에 순간적으로 몸이 반응하여 이강의 공격을 벗어났지만 유대웅은 그다지 기분이 좋지 않았다.

차라리 검을 버리고 몸을 빼면 그만이었건만 화산삼선을 비롯하여 화산의 이인(異人)들과 수백 번의 비무로 단련된 그의 몸이 승리를 위해 한 치의 빈틈도 허용하지 않았다.

막내 아우의 몸을 끌어안고 멍하니 있는 이강을 보며 씁쓸히 고개를 돌린 유대웅의 곁으로 호천단주 이석이 다가왔다.

"모두 정리가 되었습니다."

"피해는?"

"세 명이 숨졌고 일곱 명이 부상을 당했습니다."

유대웅의 인상이 찌푸려졌다. 생각보다 피해 규모가 너무 컸다.

"저항이 제법 거셌던 모양이군."

"예. 상당한 정예들이었습니다. 그래도 저들이 아니었다면 목숨을 잃은 사람은 없었을 겁니다."

중강삼살에 의해 아끼는 수하를 셋이나 잃은 이석은 살기 띤 눈으로 이강을 노려보고 있었다.

"이미 끝난 싸움에 미련을 두지 말도록. 어차피 저 들……."

꽝!

난데없는 꽝음에 유대웅의 말이 끊어졌다.

"피햇!"

유대웅이 맹렬한 속도로 다가오는 포탄을 보며 경고를 했다.

한데 정작 피하라는 경고를 받은 호천단원들은 유대웅을 지키기 위해 그의 주변으로 몰려들었다.

다행히 포탄은 유대웅과 호천단이 있는 곳이 아니라 배의 옆구리를 뚫고 들어갔다.

잠시 후, 엄청난 폭음과 함께 배가 뒤흔들렸다.

"저 망할 새끼들이!"

누군가의 입에서 욕설이 튀어나왔다.

포탄이 뚫고 들어간 곳은 바로 노꾼들이 위치한 곳.

무방비 상태로 당한 것이라 모르긴 몰라도 치명적인 피해를 면치 못했을 것이다.

"궁수대!"

이석이 후미에 빠져 있는 궁수대들을 향해 소리쳤다.

그의 외침이 아니더라도 여섯 명의 궁수는 이미 우측 안개를 헤치고 나타난 적을 향해 화살을 겨누고 있었다.

적선에선 다섯 발의 포탄을 발사하고도 고작 두 발밖에 명중을 못 시킨 것에 화가 났는지 황우가 고래고래 소리를 질렀다.

"뭣들 하느냐! 빨리 쏴라!"

쉬이익!

바람을 가르는 소리와 함께 여섯 발의 화살이 포수들을 향해 날아갔다.

"크악!"

외마디 비명과 함께 쓰러지는 수적들.

하지만 그들 대다수는 궁수대가 노린 포수가 아니라 그들을 보호하기 위해 방패를 들고 있는 자들이었다.

이번 싸움에서 지금과 같은 상황을 벌써 몇 번이나 경험을 했는지 황우는 당황하지 않았다.

"목표는 코앞에 있다. 대충 쏴도 다 맞게 되어 있어. 발사. 발사해라!"

그의 명을 기다리기라도 했다는 듯 화포가 불을 뿜었다.

꽝! 꽝! 꽝!

대충 쏴도 다 맞는다는 말을 비웃기라도 하듯 유대웅과 그의 수하들을 노리며 날아든 것은 두 발의 포탄뿐이었다.

한 발은 불발이었고 두 발은 다행히 배 위를 지나쳐 날아갔다.

그러나 두 발만으로 충분한 위협이 되는 포탄이었다.

포탄이 떨어진 곳을 중심으로 반경 일 장이 초토화되었으며 포탄의 파편과 폭발로 인한 잔해는 무시무시한 위협이 되었다.

"다들 무사한 것이냐?"

몸에 호신강기를 두르고 초천검을 풍차처럼 돌리며 포탄으로부터 자신은 물론이고 곁에 있던 수하들까지 보호한 유대웅이 목이 터져라 소리쳤다.

곳곳에서 무사함을 알리는 대답 소리가 들려왔지만 피해가 만만치 않았다.

"배는 어때? 움직일 수 있어?"

유대웅이 노꾼들에게 달려갔던 호천단 부단주가 달려오는 것을 보며 물었다.

"피해가 제법 큽니다. 배를 움직이는 것은 가능하지만 이전과 같은 움직임은 불가능할 것 같습니다."

"망할!"

유대웅이 피가 나도록 입술을 깨물었다.

그들이 타고 있는 배와 화포가 실려 있는 배의 거리는 그야말로 코앞이었지만 노꾼들이 상한 이상 배를 따라잡을 방법이 없었다.

"일단 최선을 다해 따라붙으라고 해봐."

그것이 얼마나 말이 안 되는 명인 줄 알면서도 그 말밖에는 달리 할 말이 없었다.

"알겠습니다."

부단주가 사라지자 유대웅이 궁수들에게 달려갔다.

"현재 놈들을 막을 수 있는 사람은 너희들뿐이다."

"알고 있습니다 하지만 놈들의 방어가 너무 철저합니다."

궁수대를 이끌고 있는 감온(甘穩)의 얼굴이 어두웠다.

"알고 있다. 그래도 틈이 있겠지. 포수들이 아니면 다른 놈들이라도 보내 버려."

"예."

결연한 표정으로 고개를 끄덕인 감온은 동료들과 몇 마디 말을 주고받더니 신중히 활시위를 당겼다.

"이석."

"예, 채주님."

"놈들에게 접근할 방법이 없을까?"

"현 상태로는 불가능합니다."

"물에 뛰어들어서 헤엄을 쳐도?"

"헤엄을 치는 속도가 배의 속도를 따라잡지 못할 겁니다."

움직이는 배를 헤엄쳐 따라잡는다는 것은 애당초 말이 안되는 질문임에도 이석의 대답은 더없이 진지했다.

유대웅이 그런 말을 할 정도로 상황이 좋지 않기 때문이었다.

"아니, 따라잡을 필요는 없다. 놈들이 오게 만들면 돼."

"예?"

"놈들을 쫓는 것을 포기한다. 대신 퇴각하라고 해. 하면 놈들이 알아서 쫓아오겠지."

이석이 이해를 하지 못하겠다는 표정을 짓자 유대웅이 빠르게 말을 이었다.

"지금 즉시 물질에 뛰어난 단원을 뽑아 물속에 처넣어. 잔해 틈에 숨어 잠시 숨죽이고 있으면 퇴각하는 배를 쫓아 놈들이 올 테니 기회를 봐서 배에 올라 놈들을 공격하라고 해. 지휘는 네가 맡고."

"저는 채주님 곁을……."

"시끄러. 지금 그 말은 같이 죽자는 말밖에 되지 않아. 내가 놈들을 유인하고 있을 테니 너는 내가 시키는 대로 해."

"알겠습니다."

일촉즉발의 상황에서 고집을 피울 수 없다고 판단한 이석이 명을 받을 때, 돛대 위에 올라가 있던 감온에게서 경고가 날아들었다.

"재장전이 끝난 것 같습니다. 이제 곧… 어!"

감온의 말이 갑자기 뚝 끊어졌다.

궁금증을 참지 못한 유대웅이 질문을 던지려는 찰나 육중한 충돌음과 함께 적선이 한쪽으로 크게 기우는 모습이 눈에 들어왔다.

"뭐, 뭐야?"

갑자기 돌변한 상황에 놀란 유대웅이 눈을 동그랗게 뜨자 감온이 환호성을 내질렀다.

"후미로 빠졌던 지휘선입니다! 군사께서 오셨습니다!"

"군사가?"

"예."

"상황은?"

"확인되지 않습니다만 두 배가 충돌한 것은 틀림없습니다."

"좋아. 우리도 간다. 이곳에서 아예 끝장을 봐야겠어. 이석."

"예, 채주."

"아래로 내려가 봐. 노꾼이 부족하면 호천단으로 채워. 최대한 빨리 놈들에게 붙는다."

"존명."

"감온, 적들이 우왕좌왕하고 있을 거다. 모조리 쓸어버려."

"한데 화살이 얼마 없습니다."

"할 수 있는 데까지 해봐."

"알겠습니다."

일사불란하게 명을 내리는 유대웅.

그의 눈은 활화산처럼 타오르고 있었다.

"우라질!"

대장선을 코앞에 두고 어찌 요리를 할까 즐거운 고민을 하던 황우는 난데없이 등장하여 옆구리를 들이받은 적선 때문에 분통이 터질 지경이었다.

적의 등장을 눈치채지 못한 것도 짜증이 났지만 무엇보다 화포를 발사하려는 순간에 방해를 받은 것이 화가 났다.

자칫하면 양쪽에서 합공을 당할 우려까지 있었다.

"전속력으로 전선을 이탈한다. 뒈지고 싶지 않으면 죽을힘을 다해 노를 저으라고 해."

황우의 명은 곧바로 노꾼들에게 전해졌고 황우의 성격을 익히 알고 있던 노꾼들은 목숨을 보존하기 위해 그야말로 젖먹던 힘까지 다해 노를 젓기 시작했다.

배에 속도가 붙기 시작하자 황우는 포수들의 수장을 불렀다.

"구자청(邱子晴)!"

구자청이 얼른 달려와 허리를 꺾었다.

"예, 맹주님."

"포의 방향을 바꿀 수 있느냐?"

"예?"

"포의 방향을 바꿀 수 있느냔 말이다."

"바꿀 수는 있습니다만 이미 완벽하게 조준이 된 상태……."

"시끄럽다! 코앞에 있는 적부터 쓸어버려야 할 것 아냐! 당장 저놈들부터 공격해!"

황우는 선체 공격 이후, 조금 거리가 떨어지긴 했지만 여전히 따라붙고 있는 지휘선을 가리키며 고래고래 소리를 질렀다.

그 기세가 어찌나 살벌했는지 구자청은 찍소리도 못하고 명을 따를 수밖에 없었다.

발사 준비가 다 된 상태였기에 포의 방향만 바꾸면 되었다.

방금 전의 충돌을 이기지 못하고 발사대에서 이탈한 한 문을 제외하고 총 네 문의 화포가 지휘선을 노렸다.

"꾸물거리지 말고 빨리 발사해라! 발사해!"

적선에서 화살이 날아들기 시작하자 황우의 신경질은 극에 달했다.

황우의 닦달도 그렇고 어차피 거리도 극히 짧았기에 딱히 조준이 필요한 상황도 아닌지라 구자청은 망설이지 않았다.

"바… 컥!"

발사 명령을 내리려던 구자청은 채 한 마디를 내뱉지 못하고 고꾸라졌다.

상관의 죽음을 코앞에서 본 포수들이 당황하여 어찌할 바를 모르는 사이, 구자청의 심장을 꿰뚫어 버린 괴인이 다음 목표를 향해 움직였다.

"마, 막아!"

괴인의 목표가 된 포수가 엉거주춤 물러나며 소리치고, 포수들을 보호하기 위해 주변에 있던 수적들이 괴인을 향해 달려들었다.

괴인은 사방을 에워싸는 포위망 속에서도 기어코 목표로 했던 포수의 목을 베어버리고 말았다. 그로 인해 왼쪽 팔과 오른쪽 옆구리와 허벅지에 깊은 자상을 당하고 말았지만 그는 부상에 아랑곳하지 않고 히죽 웃었다.

"개새끼들. 수적질에 무슨 화포야."

차가운 비웃음을 남긴 괴인은 자신을 향해 날아오는 창칼을 바라보다 그대로 몸을 돌려 배 위에서 뛰어내렸다.

괴인의 이름은 양곽.

가장 먼저 화포에 당한 비응채의 후계자로 배 후미에 칼을 박고 지금껏 버틴 의지의 사나이였다.

양곽이 한바탕 휘젓고 가는 바람에 포탄의 발사가 지연되었고 그사이 두 배의 사이는 급격하게 가까워졌다.

노꾼들이 필사적으로 노를 저었지만 아무래도 선체 옆면을 들이받히는 바람에 균형이 깨져 속도가 생각보다 나지 않았기 때문이었다.

"병신 같은 놈들!"

득달같이 달려온 황우가 포탄을 양손에 들더니 삐죽이 솟아 있는 심지에 불을 붙였다.

"매, 맹주님!"

깜짝 놀란 수하들이 말려보았지만 그는 아랑곳하지 않았다.

심지가 거의 타들어갈 즈음 입술을 비틀며 웃던 황우가 장우기를 필두로 함성을 지르며 건너오는 와호채 수적들을 향해 포탄을 던졌다.

"피해랏!"

장우기가 날아오는 포탄을 피하며 소리쳤다.

하지만 안타깝게도 주변의 함성이 워낙 큰 상태인지라 그의 말을 제대로 알아들은 사람이 별로 없었다.

꽝!

엄청난 굉음과 함께 폭발한 포탄의 파편이 주변을 휩쓸었다.

꽝!

연이어 날아든 포탄에 의해 또다시 상당한 인원이 목숨을 잃고 말았다.

"크하하하하!"

자신의 도박이 제대로 성공했음을 확인한 황우가 미친 듯이 웃음을 터뜨렸다.

승리를 확신하는 듯한 그의 웃음으로 일심맹의 기세는 하늘을 찔렀지만 반대로 기세 좋게 공격을 감행하던 와호채의 사기는 바닥을 기었다.

멀리서 이를 지켜보던 유대웅의 안색이 싸늘히 굳었다.

언뜻 보기에도 수하들의 피해가 상당했다.

혼전으로 인해 확인이 불가능했으나 어쩌면 장청의 안전까지 위협받고 있을지 몰랐다.

유대웅은 자신이 타고 있는 배와 적선의 거리를 천천히 가늠하기 시작했다.

거리는 이십여 장 정도.

호천단까지 동원하여 죽어라 노를 저었음에도 거리는 전혀 좁혀지지 않은 상태였다.

"후~"

결단을 내린 것일까?

유대웅이 천천히 뒷걸음질쳤다.

그의 행동을 이상히 여긴 이석이 뭐라 질문을 하려 할 때, 충분히 거리를 확보했다고 여긴 유대웅이 갑자기 내달리기 시작했다.

"채주님!"

이석이 깜짝 놀라 소리쳤지만 유대웅은 이미 화살보다 빠른 속도로 달리고 있었다.

"타핫!"

선수에 조각된 호랑이 상을 박차고 날아오른 유대웅은 단숨에 십여 장에 가까운 거리를 날아갔다.

하지만 어느 시점에 이르자 몸이 하강을 시작했다.

"채주님!"

이석의 안타까운 외침과는 다르게 빠르게 하강을 하면서도 유대웅의 냉철한 눈은 배에서 떨어져 내린 나무판자에 몸을 의탁하여 겨우 버티고 있는 양곽을 바라보고 있었다.

"버텨랏!"

뒤쪽에서 갑작스레 들려온 외침에 기겁하여 고개를 돌리는 양곽.

그의 눈에 하늘을 나는 호랑이 한 마리가 들어왔다.

"버텨!"

유대웅의 입에서 다시금 터져 나온 말에 퍼뜩 정신을 차린 양곽은 유대웅이 지금 무엇을 원하고, 자신이 무엇을 해야 하는지 정확하게 파악을 했다.

나무판자를 잡은 손에 힘을 꽉 주었다.

그 순간, 어깨 위로 유대웅의 묵직한 체중이 느껴졌다.

물속으로 파묻히지 않기 위해 죽을힘을 다해 버티는 양곽 덕에 다시금 도약에 성공한 유대웅이 초천검을 치켜올렸다.

조화신공으로 이끌어낸 무시무시한 내력이 폭발하듯 요동치고, 화산에 오르기 전 대장간에 들러 초천검의 본모습을 감추기 위해 씌운 철이 쩍쩍 금이 가며 떨어져 내렸다.

"가랏!"

유대웅이 적선을 향해 초천검을 내리긋자 검끝에서 시퍼런 강기가 뿜어져 나오며 공간을 가르고 나아갔다.

"아!"

물속에서 고개만 겨우 내밀고 유대웅의 모습을 지켜보던 양곽은 초천검에서 적선을 향해 내리꽂히는 강기에 입을 쩍 벌렸다.

지금껏 듣도 보도 못한 엄청난 광경이었다.

양곽은 자신도 모르게 주먹을 불끈 쥐며 소리쳤다.

"좋았어!"

第二十六章

황호대(黃虎隊)

"이게 다야? 고작 이 정도로 본좌를 쓰러뜨릴 수 있다고 생각한 것은 아니겠지?"

　호태악이 쌍부를 빙글빙글 돌리며 소리쳤다.

　큰소리는 치고 있었지만 그의 몰골은 형편없었다.

　잔뜩 찢겨져 나간 옷은 피와 흙먼지로 범벅이 되었고, 온몸에 크고 작은 부상으로 도배를 했다.

　특히 몇몇 상처는 살점이 뚝뚝 떨어져 나가고 뼈가 보일 정도로 심각했다.

　반면에 그가 상대하고 있는 음양신녀의 모습은 비교적 양호했다.

옷매무새가 상당히 흐트러졌고 곳곳에 부상당한 흔적이 보이기는 했지만 호태악처럼 치명적인 부상의 흔적은 없었다.

누가 보더라도 호태악의 열세였다.

그럼에도 불구하고 호태악은 기가 죽지 않았다.

오히려 더욱더 큰소리를 치며 상대를 도발했다.

자신의 실력이 음양신녀에 비해 떨어진다는 것은 호태악도 알고 있었지만 그렇다고 포기할 생각은 전혀 없었다.

아니, 포기를 할 수가 없었다.

지금 주변에선 흑성대와 황호대가 처절한 싸움을 벌이는 중이었다.

개개인의 실력은 흑성대가 위였으나 생사림에서 이휘를 통해 합격술을 집중적으로 익힌 황호대는 서로를 의지하며 눈부신 선전을 하고 있었다.

하지만 음양신녀가 싸움에 끼어들게 되면 전세는 마황성 쪽으로 급격하게 기울 것이고 황호대는 전멸을 면치 못할 것이다.

며칠 전만 해도 그와 와호채는 적이었다.

또한 황호대와 안면을 익힌 것도 얼마 되지 않았다.

솔직히 그들을 걱정하는 것 자체가 어딘지 어색하고 낯 뜨거운 일이 될 수 있었지만 유대웅에게 패한 이후, 스스로 머리를 숙였고 지난밤에는 자신이 황호대주로 내정되었다는 사실도 들었다.

결국 그가 음양신녀를 막지 못하면 새로 얻게 되는 수하들까지 모조리 목숨을 잃게 될 터였다.

"본좌 체면에 그럴 수야 없잖아?"

스스로에게 다짐하듯 말하는 호태악의 음성에 음양신녀의 살기 어린 눈동자가 한기를 내뿜었다.

"아직도 주둥이를 나불댈 만한 힘이 있구나."

"주둥이뿐이겠어? 네년의 머리통을 쪼개 버릴 힘도 있다."

말이 끝나기도 전에 손에서 놀고 있던 쌍부가 음양신녀에게 쇄도했다.

쌍부의 움직임이 꽤나 위험하다는 것을 몇 번의 충돌로 경험한 음양신녀가 뒷걸음질치며 손목을 꺾었다.

축 늘어져 있던 채찍이 똬리를 틀고 있다 튀어 오르는 비사(飛蛇)처럼 솟구치며 쌍부를 쳐내더니 호태악의 목을 휘감아왔다.

콧방귀를 뀐 호태악이 허공으로 팔을 휘젓자 튕겨져 나갔던 쌍부가 채찍의 진로를 막고 춤을 추기 시작했다.

일전에 유대웅과의 싸움에서 보여주었던 쌍룡비무였다.

며칠 사이에 실력이 는 것인지 전체적인 실력 면에서 한 수 위였던 음양신녀마저도 상대하기를 곤란해할 정도로 그 움직임이나 변화가 한층 빨라지고 현란했다.

아쉽게도 그게 전부였다.

제아무리 호태악의 무공이 뛰어나고 며칠새 많은 발전을 이루었다고는 하나 음양신녀는 이미 오래전부터 무림에 악명을 떨치고 있던 고수로 그녀의 영사절편(靈蛇切鞭)은 실로 괴이하고 독랄했다.

상대의 약점을 기묘하게 파고들어 결국 목숨을 빼앗아 버리는 영사절편의 신묘함에 전세는 금방 역전되었고 호태악은 또다시 힘든 싸움을 이어갔다.

한편, 그들과 얼마 떨어지지 않은 곳에선 귀령사신과 곽무성의 처절한 혈투가 벌어지고 있었다.

생사림에서의 삼 년.

그 시간 동안 다들 엄청난 성장을 하였지만 누구보다 많은 발전을 한 사람이 바로 곽무성이었다.

호북에서 최고의 표사들만 모였다는 운룡표국에서 대표두를 지냈을 만큼 뛰어난 무공을 지닌 그였으나 그건 말 그대로 표사들의 세계에서 그런 깃일 뿐 엄밀히 말해서 한 지역을 뒤흔들 정도의 무위는 아니었다.

하지만 생사림에서 무사부로서 수적들을 가르치는 틈틈이 자우령에게 많은 지도를 받은 덕분에 곽무성은 오랫동안 막혀 있던 벽을 뚫을 수 있었다.

과거라면 십 초도 버티지 못할 귀령사신의 맹공을 지금껏 버텨낼 수 있었던 것도 그만큼 실력이 늘었기 때문이었다.

그래도 상황이 너무 좋지 못했다.

싸움이 시작된 지 벌써 이각이 흘렀고 무려 백여 초를 견뎠지만 대가는 참혹했다.

왼쪽 팔은 팔꿈치부터 깨끗하게 잘려 나갔고 옆구리의 상처 또한 내장이 보일 정도로 치명적이었다.

왼쪽 볼을 가르고 턱을 지나 가슴까지 이어진 검상은 차마 눈으로 볼 수 없을 정도로 끔찍했는데 그런 부상에도 곽무성의 두 눈만큼은 투지를 잃지 않고 차갑게 빛나고 있었다.

"하아. 하아."

곽무성의 입에서 거친 숨결이 흘러나왔다.

다음 공격을 대비하기 위해서라도 호흡을 골라야 했지만 그마저도 힘들 정도로 곽무성의 부상은 심각했다.

어쩌면 칼을 들고 지금껏 버티고 있는 것이 기적이라 할 수 있었다.

'원군이 올 때까지 버텨야 한다.'

마황성이 움직였다는 소식은 이미 군사에게 전해졌을 것이고, 분명 무슨 대책이 있을 터였다.

귀령사신은 죽음을 목전에 두고도 여전히 투기를 발산하는 곽무성을 보며 조금은 질렸다는 표정을 짓고 있었다.

"끌끌, 아직도 노부와 싸울 생각을 하고 있는 것이냐? 네놈의 끈기만큼은 인정하지 않을 수 없구나. 하나, 그렇다고 변하는 것은 아무것도 없느니. 이제 그만 뒈져라."

차갑게 일갈한 귀령사신이 곽무성의 피로 얼룩진 검을 거칠게 휘둘렀다.

금방이라도 쓰러질 것만 같았던 곽무성이 칼을 움직였다.

캉!

날카로운 충돌음과 함께 곽무성의 신형이 휘청거렸다. 더불어 그의 어깨에서 핏줄기가 솟구쳤다.

"크으."

곽무성의 입에서 신음이 터져 나왔다.

동맥이 잘린 것인지 핏줄기가 예사롭지 않았다.

재빨리 혈을 짚어 지혈을 했음에도 꾸역꾸역 핏물이 배어나왔다.

설마하니 또다시 공격을 막아낼 줄은 몰랐다는 듯 귀령사신은 어이가 없는 눈길이었다.

거기까지가 한계였다.

이제는 정말 칼을 들고 있을 힘조차 없었다.

곽무성이 고개를 돌렸다.

그의 시선이 머무는 곳에 무림을 삼분하고 있다는 마황성의 무인들과 당당히 맞서고 있는 황호대가 있었다.

저마다 나이도, 출신도, 고향도 다르고 사람들로부터 손가락질받는 수적들이었지만 삼 년이 넘는 세월 동안 동고동락(同苦同樂)하며 죽을힘을 다해 가르치고 노력한 수하요, 제자들이었다.

처음보다 숫자가 많이 줄었음에도 아직까지는 잘 버티고

있었다.

그렇지만 자신이 무너지고 귀령사신이 본격적으로 손을 쓴다면 간신히 평수를 이루고 있는 싸움은 순식간에 마황성 쪽으로 기울 것이었다.

'미안하네, 군사. 약속은 지킬 수 없을 것 같군.'

잠시 장청을 떠올린 곽무성은 뭔가를 결심한 듯 입술을 꽉 깨물었다.

귀령사신은 그의 변화를 그 즉시 감지했다.

'뭔가를 노리고 있다.'

등에 식은땀이 흘렀다.

비록 싸움은 압도적인 우위를 보이고 있다 해도 죽음을 결심한 상대에게 한 치의 빈틈이라도 허용하면 치명적인 결과를 가져올 수 있었다.

더구나 상대는 지독하리만큼 투혼을 불사르는 곽무성이었다.

귀령사신은 한층 신중한 자세로 곽무성을 살폈다.

바로 그때, 곽무성의 돌진이 시작됐다.

오 장여의 거리가 무색하게 단 세 걸음 만에 공격권에 진입한 곽무성이 칼을 휘둘렀다.

비도산화(飛刀散花)라는 초식으로 곽무성이 자우령의 천뢰육도에 영감을 얻어 만들어낸 초식이었다.

공간을 지배하며 번뜩이는 도광(刀光)을 심각하게 바라보던 귀령사신이 침착하게 검을 움직였다.

'모든 것은 허초. 실초는 오직 하나.'

금방이라도 온몸을 난도질할 것 같은 도광을 그대로 흘려 보낸 귀령사신의 검은 정확히 미간을 노리며 접근하는 도광을 막아내고 곧바로 반격을 가했다.

푹!

제대로 느낌이 왔다.

곽무성의 심장에 검을 박아 넣는 데 성공한 귀령사신에게서 괴소가 흘러나왔다.

"크크크, 애송이 놈. 제법이었다."

곽무성의 심장에 박힌 검을 조금씩 비틀며 밀어 넣는 귀령사신의 입가엔 승자의 비릿한 미소가 걸려 있었다.

하지만 죽음의 고통에 발버둥을 쳐야 할 곽무성에게서 아무런 반응도 없다는 것, 더불어 축 늘어졌던 검이 천천히 움직이고 있다는 것을 본 귀령사신은 본능적으로 일이 잘못되었음을 알아차렸다.

귀령사신은 그 즉시 검을 회수하려 했으나 곽무성이 잘린 팔로 심장에 박힌 검의 움직임을 가로막는 바람에 여의치가 않았다.

"이, 이것이야말로 진정한 실초다."

혼신의 힘을 다해 일격을 날리는 곽무성.

절체절명의 위기에 빠진 귀령사신은 생각할 겨를도 없이

손을 치켜들었다.

귀령사신의 팔뚝을 단번에 관통한 칼이 그의 가슴까지 이르렀다.

하나, 안타깝게도 칼은 더 이상 전진을 하지 못했다.

귀령사신이 상체를 뒤로 확 젖히며 비틀거렸다.

"크헉!"

입에선 고통의 비명이 절로 터져 나왔다.

"마, 망할 놈의 새끼."

귀령사신은 자신의 팔뚝을 관통하고 심지어 가슴까지 파고들었던 칼을 거칠게 빼 들었다.

만약 곽무성에게 한 줌의 힘만 더 남아 있었더라면 귀령사신의 목숨을 빼앗을 수 있었을 것이나, 그가 찌른 칼이 귀령사신의 심장에 박히기 일보 직전 곽무성의 숨은 끊어지고 말았다.

"네, 네놈이 감히 이따위 잔수를!"

죽음의 위기에서 간신히 목숨을 구한 귀령사신은 순간적인 공포심과 분노를 이기지 못하고 숨이 끊어진 곽무성의 몸을 난도질하기 시작했다.

"죽어! 죽어!"

광기에 사로잡힌 귀령사신의 잔인한 손속에 곽무성은 이내 형체를 알아볼 수 없을 만큼 처참하게 변해 버렸다.

미친 듯이 시신을 훼손하던 귀령사신이 움직임을 멈춘 것은 결코 자의가 아니었다.

지금껏 접해보지 못한 무시무시한 살기가, 심지어 마황성에서도 겪어보지 못한 살기가 전신을 강타했기 때문이었다.

"누구냐!"

몸을 돌림과 동시에 검을 날리는 귀령사신의 움직임은 가히 고수라 칭할 수 있을 만큼 빠르고 날카로웠지만 상대는 그 모든 것을 무위로 만들어 버릴 수 있을 만큼 강력한 인물이었다.

몸을 돌린 귀령사신이 가장 먼저 접한 것은 대기를 가르는 뇌전이었고, 그 뇌전에 지금껏 자신을 지켜주었던 검이 산산조각나는 광경이었다.

"아, 안 돼!"

귀령사신의 간절한 외침을 외면한 뇌전은 그의 팔을 그대로 잘라 버렸다.

비명을 지를 사이도 없이 밑에서 치솟은 뇌전에 의해 맞은편 팔까지 허공으로 치솟았다.

비틀거리는 귀령사신을 따라 양팔에서 솟구친 피분수가 사방에 흩뿌려졌다.

"사, 살려……."

귀령사신의 말은 이어지지 않았다.

횡으로 날아온 칼에 입이 찢어졌기 때문이었다.

고통을 이기지 못한 귀령사신의 신형이 그대로 무너져 내렸다.

죽음의 살기를 가득 드리운 자우령이 분노로 가득한 얼굴로 걸어왔다.

"살려달라고 했느냐?"

귀령사신이 공포를 이기지 못하고 고개를 끄덕였다.

"살려주마. 내 칼에 버러지만도 못한 네놈의 피를 묻히는 것은 나도 원치 않는다."

귀령사신의 눈에 희망이라는 것이 잠깐 나타났다.

"하지만 네놈은 무인으로서의 긍지도, 인간의 모습도 모두 짓밟아 버린 버러지다. 버러지는 버러지답게 살아야겠지."

자우령은 일말의 망설임도 없이 귀령사신의 양 발목을 밟아버렸다.

"끄아아아아!"

귀령사신의 입에서 인간의 것이라고 하기엔 너무도 처절한 비명이 터져 나왔다.

그것이 끝이 아니었다.

자우령은 내공이 실린 발로 귀령사신의 양 발목을 으스러뜨린 것도 부족해 단전마저 파괴해 버렸다.

내력이 흩어지는 고통을 참지 못한 귀령사신은 그대로 혼절해 버렸다.

조금 더 손을 쓸까 하던 자우령은 짧은 한숨과 함께 여전히 피가 솟구치는 양팔을 지혈해 주었다.

귀령사신을 더 이상 귀령사신이라, 아니, 차마 인간이라 부를 수 없을 정도로 만들어 버린 자우령이 훼손될 대로 훼손된 곽무성에게 다가갔다.

그가 귀령사신을 응징하는 사이 사방으로 흩어진 곽무성의 사지를 수습하고 잘려 나간 부분을 겨우겨우 끼워 맞춘 와호채의 수적들이 눈물 범벅이 된 얼굴로 자우령을 맞았다.

"서두른다고 하였건만… 노부가… 너무 늦었구나."

생사림에서 자신을 사부의 예로 다한 곽무성의 주검 앞에 자우령은 차마 말을 잇지 못했다.

그저 가만히 손을 뻗어 원통함에 두 눈을 부릅뜨고 있는 곽무성의 눈을 감겨줄 뿐이었다.

자우령과 그가 이끄는 와호채 수적들, 그리고 그들보다 조금 늦게 도착한 마독으로 인해 싸움은 순식간에 정리되었다.

마지막까지 저항하던 흑성대주 곤이 양쪽에서 찔러오는 검에 허리를 관통당해 쓰러지면서 흑성대는 단 한 명의 생존자도 없이 모조리 목숨을 잃고 말았다.

아직까지 끝나지 않은 싸움은 오직 하나, 음양신녀와 호태악의 싸움뿐이었다.

자우령은 호태악을 돕기 위해 나서려는 마독의 움직임을 막고 혈전이라는 말로도 표현하기 힘든 둘의 싸움을 한참 동안이나 지켜보았다.

그리고 그의 기대대로 싸움은 호태악의 승리로 돌아갔다.

그 승리를 위해 호태악은 결코 가볍지 않은 대가를 치러야만 했다.

찢기고 부러진 살과 뼈는 차차 아물면 되겠지만 채찍에 찔린 왼쪽 눈은 결코 회복할 수 없는 것이었다.

호태악은 한 손에는 자신의 눈알과 다른 한 손에는 주안술이 깨져 흉측한 노파로 변한 음양신녀의 머리카락을 잡아 질질 끌며 다가왔다.

"죽었수?"

호태악이 곽무성의 시신을 힐끗거리며 물었다.

"그래."

자우령이 무심한 음성으로 대꾸했다.

"올려면 빨리나 올 것이지 이게 뭐요? 젠장!"

자신도 모르게 화가 치민 호태악은 음양신녀를 패대기치며 소리쳤다.

평소의 자우령이라면 당장 불호령이 떨어져도 이상할 것이 없었지만 그러지 않았다.

"네가 애썼다."

생각지도 못한 격려를 받자 왠지 모를 찡한 것이 가슴에 콱와서 박히는 바람에 호태악은 슬그머니 고개를 돌렸다.

"쉽지 않은 상대였을 텐데 잘해주었구나."

마독이 쭈글쭈글해진 모습으로 숨이 끊어진 음양신녀를 응시하며 말했다.

"흥! 그래 봤자 늙은 할망구요."

호태악이 가슴을 쫙 피며 말했다.

하나, 그는 알고 있었다.

만약 지원군이 제때 오지 않았다면, 자우령이 귀령사신을 단칼에 베어버리는 것을 본 음양신녀가 당황하여 손속이 흐트러지지 않았다면 목숨을 잃은 사람은 음양신녀가 아니라 자신이라는 것을.

그래도 결과적으로 승리한 사람은 자신이었으니 꿀릴 것은 없었다.

호태악이 더욱 당당한 음성으로 말했다.

"본좌의 상대는 아니외다."

*   *   *

모든 움직임이 일시에 멎었다.

움직이고 싶어도 움직일 수가 없었다.

그만큼 그들을, 아니, 그들이 타고 있는 배를 향해 내리꽂히는 기운은 전율스러웠다.

가장 먼저 돛대를 흔적도 없이 날려 버린 강기는 이후, 거대한 선체를 파고들었다.

육중한 선체를 지탱하기 위한 장치들이 곳곳에 포진되어 있었지만 유대웅이 혼신의 힘을 다해 뿜어낸 강기 앞에 거칠

것은 없었다.

콰드드드득!

강기가 가르고 지나간 곳을 중심으로 선체가 양쪽으로 갈라지기 시작했다.

이번 싸움에 동원된 배 중 가장 큰 규모는 아니었지만 그래도 길이만 십여 장이요, 좌우 폭도 오 장에 이르는 배가 순식간에 양단되어 버린 것이었다.

"피, 피해랏!"

반으로 갈라져 급격하게 기우는 배 위에서 아우성이 터져 나왔다.

그나마 빨리 대처한 장우기 덕분에 와호채의 수적 중 상당수가 지휘선으로 돌아갔지만 일심맹의 수적들은 상황이 극히 좋지 않았다.

침몰하는 배에서 버틸 수도 없거니와 그들을 도와줄 아군의 배도 없었다.

그렇다고 적선에 뛰어든다는 것은 더욱 말도 되지 않는 일이었다.

촌각도 되지 않아 수십 명이 물에 빠졌고 나머지는 기우는 선체를 잡고 발버둥을 치는 중이었다.

황우도 그중 한 사람이었다.

수하들의 도움으로 겨우 버티고는 있었지만 침몰하는 배에서 빠져나갈 방법이 없었다.

"아, 안돼!"

거의 수직으로 선 배가 서서히 가라앉아 황우의 입에서 절망의 비명 소리가 터져 나왔다.

바로 그때, 그의 외침을 듣기라도 한 듯 구원의 음성이 들려왔다.

"맹주님!"

금완이었다.

자중하라던 자우령의 말에도 수하들을 수습하여 움직인 금완이 때마침 위기에 빠진 황우를 구하기 위해 나타난 것이었다.

하지만 금완이라고 침몰하는 배를 어찌할 수는 없었다.

급한 대로 나룻배를 띄워 물에 빠진 수하들을 구명케 하고 황우를 향해 밧줄을 던졌다.

행여나 놓칠까 눈을 희번덕거리며 필사적으로 팔을 휘저어 밧줄을 낚아챈 황우는 밧줄 하나에 의지해 겨우 죽음의 위기에서 벗어날 수 있었다.

"괜찮으십니까?"

금완이 물에 흠뻑 젖은 황우를 안타까이 바라보며 물었다.

"괜찮을 리가 없잖아!"

버럭 소리를 지른 황우는 동료들이 던져 준 밧줄을 잡고 힘겹게 배로 기어오르는 수하들의 모습에 화를 삭이지 못하다가 적선이 접근을 하자 얼굴빛이 새하얗게 변했다.

"배, 배를 돌려라!"

황우의 외침에 금완이 황급히 그의 팔을 잡았다.

"저들을 구해야 합니다."

"그럴 시간 없다! 놈들이 다가오고 있잖아!"

황우가 적선을 가리키며 소리쳤다.

"그렇다고 수하들을 버리고 갈 수는……."

"시끄러! 수하야 나중에 다시 늘리면 되는 것! 지금은 놈들을 피하는 것이 우선이다! 뭣하느냐? 당장 배를 돌려라!"

황우가 이리 뛰고 저리 뛰며 고래고래 소리를 질러대자 결국 배는 동료들의 아우성 소리를 뒤로하고 천천히 움직이기 시작했다.

"화포는, 화포는 어디에 있느냐?"

황우의 외침에 누군가가 대답했다.

"방금 전, 배와 함께 침몰하지 않았습니까?"

동료들을 버리고 도망치는 것이 마음에 들지 않았는지 사내의 음성이 다소 높았다.

황우는 아무런 말도 없이 그에게 다가가더니 그의 목을 그대로 베어버렸다.

"하극상은 용서하지 않는다."

차갑게 일갈한 황우가 금완을 노려보더니 칼을 치켜세우며 소리쳤다.

"안개가 걷히고 있다! 신호를 보내 병력을 집결시켜라! 놈들과 마지막 일전을 벌일 것이다!"

전력상 와호채의 상대가 되지 않는다는 것을 알면서도 도저히 인정할 수 없다는 듯 황우의 태도는 단호하기만 했다.

그에 반해 어쩔 수 없이 그의 명을 따르는 수하들의 안색은 점점 더 어두워졌으니 대표적인 사람이 황우를 구해낸 금완이었다.

단 한 번의 공격으로 적선을 완파하고 일패도지케 한 유대웅이 지휘선에 올라 가장 먼저 접한 것은 승리에 대한 보고가 아니라 위기에 빠진 황호대의 소식이었다.

"뭐야, 마황성? 그게 지금 무슨 말이야?"

흰 천으로 젖은 머리를 말리던 유대웅이 두 눈을 동그랗게 뜨며 물었다.

장청은 이번 싸움에 마황성이 개입했으며 그들을 막기 위해 자우령과 마독이 급히 움직였음을 빠른 어조로 설명했다.

"웃기는 놈들. 결국 놈들이 믿었던 것은 화포와 마황성의 지원군이란 말이네."

"예. 혈사림과 녹림 쪽에만 촉각을 세웠지 설마하니 마황성에 원군을 요청했을 줄은 상상도 하지 못했습니다. 모든 것이 제 불찰입니다."

와호채의 군사이자 운밀각의 수장으로서 장청은 마황성의 움직임을 간파하지 못한 책임을 통감하고 있었다.

"어쩔 수 없잖아. 여기 있는 누구도 마황성이 움직일 줄은 생각도 못했다. 놈들이 화포를 준비하고 있다는 것을 알아낸 것만으로도 훌륭해."

유대웅은 장청을 책망할 생각이 조금도 없었다.

"괜찮겠지?"

"태상장로님과 마 장로께서 움직이셨으니 문제는 없을 겁니다. 다만 그분들께서 도착하실 때까지 황호대가 버티느냐인데 결국 시간이 관건일 것 같습니다."

"음."

무거운 표정으로 고개를 끄덕인 유대웅이 장청의 어깨를 툭 쳤다.

"그나저나 덕분에 목숨을 구했다. 위기였어. 후미에 빠져 있으라고 했는데 어떻게 여기에 나타난 거야?"

"싸움이 시작된 내내 화포를 실은 배의 움직임을 파악하기 위해 노력하고 있었습니다. 확신은 없었는데 운이 좋았습니다."

"그래도 무작정 그렇게 돌진하는 것은 좋은 방법은 아니었다. 하마터면 놈들에게 크게 당할 뻔했잖아."

유대웅의 질책에 인정한다는 듯 장청이 살짝 고개를 숙이자 장우기가 너털웃음을 흘렸다.

"너무 그러지 말게. 상황이 급했지 않나? 그리고 놈이 그런 식으로 포탄을 던질 줄은 아무도 상상치 못한 것이네. 아무튼 마지막 공격은 정말 눈부신 것이었어."

장우기는 지금도 유대웅이 보여준 일격에 감탄을 금치 못하고 있었다.

장우기의 칭찬에 살짝 어깨를 으쓱인 유대웅이 점점 멀어져 가는 적선을 가리키며 물었다.

"방금 전에 도망간 놈이 우두머리 맞죠?"

"그래. 수하들을 버리고 제 목숨 살리자고 악착같이 도망간 놈이 바로 일심맹 맹주 황우다."

장우기는 살려달라고 발버둥 치는 수하들을 모질게 버리고 간 황우의 모습에 다시 한 번 진한 살의를 느끼고 있었다.

"장청."

장청이 유대웅을 향해 몸을 돌렸다.

"끝내야겠지?"

"예."

짧게 대답한 장청이 손짓을 하자 곧바로 배가 움직였다.

싸움의 막바지를 알리듯 그토록 짙게 끼었던 안개가 서서히 걷히고 있었다.

*   *   *

장강을 사이에 두고 삼협의 출구라 일컬어지는 남진관(南津關)과 마주한 산 아래.

일단의 무리들이 은밀히 이동하고 있었다.

숫자는 대략 삼십 명 정도.

어딘지 모르게 음험한 기운을 내뿜고 있는 그들의 손에는 제각기 다른 형태의 무기들이 들려 있었다.

일행의 가장 앞에서 걷고 있는 중년인은 다름 아닌 녹수맹에 속한 칠성채 채주 남천상이었다.

"저게 그… 서유기의 그거냐?"

남천상의 물음에 뒤를 따르던 수하 하나가 냉큼 달려와 대답했다.

"그렇습니다. 산 위 네 개의 기석(奇石)이 마치 삼장법사 일행의 그림자가 하늘에 비친 것처럼 보인다 하여 이 일대를 등영협(燈影峽)이라 부릅니다."

"지랄. 그냥 돌덩이에 불과하구만."

수하의 말을 일축한 남천상이 이마에 흐르는 땀을 닦으며 말했다.

"아무튼 중요한 것은 그 뭐시냐 광명채(光明寨)인지 지랄인지 하는 수채가 저 밑에 있다는 거잖아."

"예. 정상에서 맞은편으로 조금 내려간 곳에 있습니다."

"흠."

가늘게 뜬 눈으로 정상에 우뚝 선 기석을 바라보던 남천상이 손짓을 했다.

"사곡(史梏)."

"예, 채주."

얼굴 곳곳에 흉터자국이 빼곡이 들어선 사내가 다가와 대답했다.

"아무리 허접한 놈들이라도 이대로 무작정 밀고 들어가기는 좀 그렇지?"

"놈들의 전력이야 뻔한 것 아니겠습니까? 상관은 없을 듯싶습니다만."

"그러니까 네놈이 위로 못 올라오는 거야. 내가 아무리 널 중용하고 싶어도 이게 따라오지 못하니까."

남천상이 사곡의 머리통을 툭툭 건드리다 고개를 돌렸다.

"부채주의 생각은 어때?"

남천상의 물음에 부채주 서풍(西風)이 생각할 것도 없다는 듯 대답했다.

"척후는 이미 준비해 두었습니다. 보냅니까?"

"보내봐. 만에 하나라도 변수를 없애야 하니까."

"알겠습니다."

까딱 고개를 숙인 서풍이 뒤로 물러나자 남천상이 뚱한 표정을 짓고 있는 사곡을 보며 고개를 흔들었다.

"이제 알았냐, 네놈과 서풍의 차이를?"

"……"

"그래도 네놈의 칼질엔 기대를 하고 있으니까 너무 실망은 하지 말고. 그렇다고 지난번처럼 이번에도 모조리 죽이면 돼

질 줄 알아. 네놈 때문에 얼마를 손해 본 줄 알아!'

남천상이 눈을 부라리자 사곡은 슬며시 고개를 돌리며 딴청을 피웠다.

"어휴, 이런 놈을 조카라고."

답답함을 이기지 못한 남천상이 가슴을 탕탕 쳤지만 그래봤자 복장만 더 터질 뿐이었다.

잠시 후, 척후를 통해 주변 정보를 확인한 칠성채는 광명채의 코앞까지 별다른 문제 없이 접근할 수 있었다.

"저기가 광명채냐?"

"그렇습니다."

남천상의 물음에 서풍이 가만히 대답했다.

"특별히 주의할 점은 없다고 했지? 그래, 몇 명이나 처박혀 있다고 그래?"

"척후들의 말로는 대략 사오십 명 정도가 있는 것 같다고 합니다."

"사오십?"

남천상이 의외라는 듯 되물었다.

"그것도 채주가 수하들을 이끌고 자리를 비웠음에도 그리 많다고 합니다."

"허! 저 쪼그만 수채에 뭔 인간이 그리 많아?"

"참고로 말씀드리면 대다수가 아녀자들로 공략하는 데 큰 무리는 없을 것 같습니다."

남천상이 어이없는 눈초리로 서풍을 노려보았다.

"으이구, 이놈이나 저놈이나. 그게 참고할 사항이냐? 가장 중요한 얘기지. 그래서? 제대로 싸울 놈은 몇 놈이나 있다는 건데?"

"한 열댓 명 되는 것 같습니다."

"그럼 망설일 필요도 없겠군. 사곡."

"예, 채주님."

"가서 쓸어버려. 사내놈들은 살려둘 필요 없다. 네 마음대로 처리하고 대신 아녀자들은 다치지 않도록 주의해. 우리에겐 귀한 돈줄이니까."

"알겠습니다."

사곡이 비릿한 미소를 지으며 고개를 끄덕였다.

그것이 피를 보기 직전, 사곡의 흥분된 얼굴이라는 것을 알기에 서풍은 경멸의 눈초리를 보냈다.

서풍 역시 사람 목숨을 우습게 아는 인간이었지만 사곡에 비하면 그야말로 새 발의 피였기 때문이었다.

"가자! 사냥의 시간이다!"

사곡이 소리치며 달려가자 칠성채의 수적들이 광기에 찬 눈동자로 뒤따랐다.

"오랜만에 돈 좀 벌겠군."

광명채를 급습하기 위해 내달리는 수하들의 모습을 바라보는 남천상의 얼굴엔 흐뭇한 미소가 맴돌았다.

　　　　　*　　　　*　　　　*

　"으으으으."

　황우의 입에서 공포에 질린 신음이 끊임없이 흘러나왔다.

　일심맹의 수장으로서 수하들을 독려하고 가장 앞장서서 용맹하게 싸우지는 못할망정 오히려 수하들을 방패로 삼은 채 큰소리만 쳐대는 그의 모습에 일심맹의 사기는 땅에 떨어질 대로 떨어진 상태였다.

　안개가 걷히고 혼전 속에서 살아남은 병력들이 정면으로 맞부딪친 지 삼각여가 흐른 지금 승패의 향방은 예상보다 훨씬 빠르게 갈렸다.

　애당초 전력상 상대가 되지 않는 싸움이었다.

　일심맹이 비록 수적으로는 훨씬 우위에 있을지 몰라도 지난 삼 년간 생사림에서 혹독한 수련을 감내한 와호채의 상대는 될 수가 없었다.

　개개인의 실력은 물론이고 집단전으로도 가히 압도적인 모습을 보여주었다.

　일심맹의 피해는 시간이 갈수록 기하급수적으로 늘어갔지만 와호채의 피해는 그다지 크지 않았다. 그나마 발생하는 피해도 와호채의 주력이 아니라 최근 무릎을 꿇은 주변 수채들의 병력들이었다.

"퇴, 퇴각하랏!"

더 이상 상대가 될 수 없다고 판단한 황우는 결국 퇴각 명령을 내리고 말았다.

그렇잖아도 힘겹게 싸우고 있던 일심맹의 수적들은 퇴각 명령이 떨어지기 무섭게 도주를 하려고 했다.

하나, 퇴각도 말처럼 쉬운 것이 아니었다.

싸움이 벌어진 곳은 육지가 아니라 장강의 배 위인지라 적 아가 뒤섞인 상태에서 배를 움직인다고 하여 무사히 퇴각하는 것은 아니었다.

황우의 퇴각 명령은 오히려 혼란만 초래했고 가뜩이나 열세였던 싸움은 일방적인 방향으로 흘러버렸다.

"항복… 해야 합니다."

나름 끈질기게 저항했던 아군들의 희생이 기하급수적으로 커지고 배 위에서 나부끼던 일심맹의 깃발이 하나둘 와호채의 것으로 바뀌는 것을 본 금완이 결국 항복을 권했다.

"마, 말도 안 되는 소리를! 내가, 우리 일심맹이 놈들에게 무릎을 꿇을 수는 없는 노릇이다."

황우는 항복이란 단어 자체를 끔찍하게 여겼다.

"이미 끝난 싸움입니다. 버텨봤자 피해만 더 커집니다."

"아니. 아직 싸움은 끝나지 않았다. 잊었느냐? 우리에겐 마황성이라는 든든한 원군이 있다."

그들을 치기 위해 다른 사람도 아닌 자우령이 움직였다는 것을 알고 있던 금완은 안타까운 얼굴로 고개를 흔들었다.

"그들은 오지 않습니다."

"무, 무슨 소리냐? 그들이 오지 않는다니?"

"그들의 행보는 이미 저들에게 알려졌습니다. 그리고 그들을 막기 위해 와호채의 태상장로가 움직였습니다. 이해를 빨리 하도록 말씀드리지요. 일도파산이 움직였다는 말입니다."

순간, 황우의 얼굴이 하얗게 질렸다.

"하니 그들의 지원을 기대하지 마십시오."

조금은 차갑게 느껴지는 금완의 말에 황우는 강하게 도리질을 쳤다.

"그럴 리 없다. 설사 일도파산이 움직였다고 하더라도 상대는 마황성이야. 한물간 늙은이가 상대할 수 있는 자들이 아니란 말이다."

절망적인 상황에서도 그가 버틸 수 있는 이유는 오직 하나, 마황성의 지원군이 오고 있다는 것이었다. 그것을 부정한다는 것은 목숨을 내놓는 일과 다름없었다.

"맹주!"

"쓸데없는 소리를 할 거면 당장 내 눈앞에서 꺼져! 가서 놈들이나 막아!"

황우가 노기에 찬 목소리로 소리쳤다.

지금껏 금완에게만큼은 나름 정중하게 대했던 그였기에 주변의 수하들마저 깜짝 놀랄 정도였다.

"수하들이 흘리는 피가 안타깝지도 않습니까? 지금이라도 미련을 버리면 많은 이들의 목숨을 구할 수가 있습니다."

"닥치라고 했다!"

화가 머리끝까지 뻗은 황우가 칼을 치켜들었다.

금완은 아무런 반응도 없이 황우의 얼굴을 빤히 쳐다보았다.

부들부들 흔들리는 칼.

그래도 차마 벨 수는 없었는지 칼을 거두는 찰나, 최전방에서 목숨을 걸고 싸우던 비룡당주가 달려왔다.

"더 이상 버틸 수가 없습니다, 맹주님. 대책을 세워야 합니다. 놈들과 협… 컥!"

비룡당주는 말을 잇지 못하고 그대로 고꾸라졌다.

"대책? 죽을 각오로 적과 맞서라! 그것이 대책이다!"

금완에게 향한 분노를 지금껏 일심맹을 위해 최선을 다해 싸운 비룡당주에게 풀어버린 황우는 한껏 오만한 표정을 지으며 소리쳤다.

"물러나지 마라! 곧 지원군이 올 것이다! 누구든 헛소리를 내뱉는 자는 그 자리에서 참수할 것이다!"

그 순간, 금완은 황우에게서 마지막 남은 미련을 버렸다.

지금껏 최선을 다해 그를 도왔고 불의(不義)인 줄 알면서도 많은 일을 행했다.

하나, 비룡당주가 눈을 감지도 못한 채 숨이 끊어지고 수많은 수하들을 아무렇지도 않게 죽음의 구렁텅이로 몰아넣는 황우의 행태에 환멸을 느꼈다.

금완이 비룡당주가 떨어뜨린 칼을 움켜잡았다.

그의 기색이 어딘가 이상했는지 황우가 뒷걸음질쳤다.

"이제 그만 끝냅시다, 맹주."

금완이 황우에게 칼을 겨눴다.

"왜, 왜 그러는가? 진정을 좀 하게."

황우가 식은땀을 흘리며 금완을 달래려고 하였으나 금완의 마음은 이미 차갑게 식어버린 상태였다.

"바, 방금 내 행동이 서운했던 모양인데 이해하게. 내 조금 흥분을 하여… 죽어랏!"

금완의 눈에서 되돌릴 수 없는 결의를 느낀 황우가 오히려 선공을 취해왔다.

일심맹의 맹주가 된 이후 향락에 빠져서 그렇지 황우의 무공 역시 나름 뛰어난 것이었다.

덩치에 어울리지 않는 쾌검은 가히 발군이었다.

다만 상대가 금완이라는 것이 문제였다.

금완은 황우가 알고 있는 것보다 훨씬 더 무시무시한 고수였다.

"컥!"

비명은 금완이 아닌 기습공격을 한 황우의 입에서 터져 나왔다.

황우는 핏줄기가 뿜어져 나오는 목줄기를 붙잡고 컥컥대다가 결국 힘없이 쓰러지고 말았다.

참담한 눈길로 황우의 최후를 바라보던 금완이 조용히 말했다.

"항복한다."

"거절하겠습니다."

생각지도 못한 장청의 말에 유대웅은 당황했다.

자신이 섬기던, 적장의 목을 직접 베고 항복을 청해온 금완을 그토록 간단히 거절할 줄은 생각도 못했다.

유대웅이 장청의 팔소매를 슬며시 끌어당겼다.

"모두의 목숨을 보장하고 원하는 사람은 식구로 받아달라고 하는데 나쁜 조건은 아니잖아. 어차피 싸움도 끝난 마당에 더 피를 볼 필요는 없고."

"피를 보고자 함이 아닙니다."

"그럼 왜?"

"인재를 얻기 위해섭니다. 또한 옥석도 확실히 구별할 필요도 있고요."

"인… 재? 옥석?"

잠시 고개를 갸웃거리던 유대웅이 뭔가 감이 왔는지 눈빛을 반짝거렸다.

"이번 일은 제게 맡겨주십시오, 형님."

채주라는 말 대신 형님이라는 말을 사용할 정도로 장청의 태도는 단호했다. 이미 그의 의도를 알았으니 거절할 이유가 없었다.

"좋아. 재량권을 줄 테니 마음껏 요리해 봐."

유대웅의 허락을 얻은 장청이 당혹스런 표정을 짓고 있는 금완을 향해 다가갔다.

"채주님께선 이번 협상을 제게 맡기셨습니다. 더불어 방금 요구한 조건은 거절합니다."

"싸움을 계속 하자는 것이오?"

금완이 물었다.

"아니요. 싸움은 끝났습니다. 이후에 벌어질 일은 싸움이 아니라 일방적인 학살이 될 것입니다."

"와호채나 군사께서 그 정도까지 피를 원하지는 않을 것이라 생각하오만."

금완의 말에 장청이 다소 냉혹한 어조로 입을 열었다.

"과연 그럴까요? 정정당당하게 싸운 상대라면 당연히 그만한 대우를 해줄 것입니다. 하나, 일심맹은 어떻습니까? 화포를 사용했고 마황성을 끌어들였습니다. 지난날, 혈사림으로 인해 장강의 물길에 얼마나 큰 혼란이 일었는지 뻔히 알면서도 또다시 마황성과 같은 거대 세력을 끌어들인 것입니다. 결코 용납할 수가 없는 일이지요."

"하지만 그, 그건……."

"맹주의 독단이었다는 말은 하지 마십시오. 그가 일심맹의 맹주이듯 당신들 또한 일심맹에 소속된 사람들입니다."

장청의 지적에 금완은 일순 말을 잃었다.

잠시 침묵을 지키던 금완이 입을 열었다.

"그럼 와호채가 우리에게 원하는 것은 무엇이오?"

장청이 신호를 보내자 재빨리 다가온 사도초가 두루마리 하나를 건넸다.

"받으십시오."

얼떨결에 두루마리를 받은 금완이 영문을 모르겠다는 표정을 짓자 장청이 설명을 덧붙였다.

"총 이십 명입니다. 어쩌면 이번 싸움에서 목숨을 잃은 자들도 있겠군요. 아무튼 목숨을 잃은 이들을 제외하고 그것에 적힌 이들이 와호채에 복속하기를 원합니다."

금완이 어두운 표정으로 두루마리를 펼치다 자신의 이름이 맨 위에 적혀 있자 깜짝 놀라 고개를 쳐들었다.

"단 한 명이라도 불응할 시 저들의 목숨은 보장할 수 없습니다. 보다 정확히 말씀드리지요. 모조리 수장될 것입니다."

장청의 음성은 싸늘했다.

"조건을 받아들이면 수하들의 안전을 약속하겠다는 말이오?"

"물론입니다. 단, 목숨뿐입니다. 이후, 일심맹에 속했던 대부분의 수채들은 사라질 것입니다."

장청이 날카로운 눈으로 금완을 응시했다.

"받아들이시겠습니까?"

"혼자 결정할 수는 없소."

"많은 시간을 드리지는 못하겠군요. 일각 후, 공격이 다시 시작될 것입니다. 아, 노파심에 말씀드리지만 의심을 살 수 있는 다른 일체의 행동은 하지 마십시오. 그리되면 협상 또한 없습니다."

"알겠소."

금완이 무거운 표정으로 배를 떠나자 유대웅이 기가 막힌 듯 물었다.

"그런 건 또 언제 준비한 거야?"

"미리미리 조금씩 조사를 해두었습니다."

장청이 무덤덤하게 대꾸하자 장우기가 다시 물었다.

"저 친구도 포함된 건가?"

"물론입니다. 맨 위에 적혀 있지요."

"그랬군. 어쩐지 당황하는 모습이더니만. 잘했네. 일심맹에서 저만한 인물도 없지. 충성심도 좋고 수하들도 잘 따르고."

장우기는 금완에 대해 상당히 호감을 갖고 있었다.

"그래도 설마하니 일심맹주의 목을 가지고 올 줄은 몰랐습니다. 충성심이 대단한 자라고 들었는데."

유대웅이 황우의 잘린 목을 떠올리며 찝찝한 표정을 짓자 장우기가 쓴웃음을 지으며 대꾸했다.

"머리가 조금이라도 있거나 수하들을 아끼는 마음이 눈꼽만큼이라도 있었다면 진작에 항복을 했어야지. 놈의 발악으로 쓸데없이 목숨을 잃은 자가 얼마나 많아. 필연적인 결과네. 한데 군사, 저들이 우리의 조건을 받아들이리라 보는가?"

"거절하기는 쉽지 않을 겁니다. 금완의 영향력도 상당하고요."

유대웅이 약간은 불편한 표정으로 끼어들었다.

"하지만 이렇게 강압적으로 굴복시키면 문제의 여지가 있지 않을까? 내심 반발할 수도 있는 것이고. 차라리 원하는 사람만 받아들이는 것이 어때?"

"그거야 제가 알 바 아니지요."

"뭐?"

유대웅의 눈이 휘둥그레졌다.

"군사로서 저는 저들을 이쪽으로 끌어당길 수는 있습니다. 또한 존속시켜야 할 수채들과 이참에 지워 버려야 하는 수채도 선별할 수 있습니다. 하지만 그들을 채주님의 진정한 수하로, 와호채의 식솔로 만들 수는 없습니다. 그건 제가 아니라 채주님이 해야 할 일입니다."

"험험."

유대웅이 당황하여 헛기침을 하자 장청이 쐐기를 박았다.

"장강일통의 꿈을 꾸는 채주님이라면 당.연.히. 해내야 하는 일이기도 하고요."

"누가 뭐래!"

유대웅은 자신도 모르게 버럭 소리를 지르고 말았다.

峽三山巫

第二十七章
비보(悲報)

금완과 일심맹의 수뇌들은 결국 장청의 조건을 받아들였고 그것으로써 장강삼협의 운명을 결정하는 일심맹과의 싸움은 와호채의 승리로 돌아갔다.

　기쁨도 잠시, 처참하게 망가진 곽무성의 시신을 대한 와호채 수뇌들은 할 말을 잃었다.

　지난 삼 년간 와호채가 성장을 하면서 다른 누구보다 많은 소외를 받은 사람이 곽무성이었다.

　그와 비슷한 처지에 있던 이휘는 호천단에서 감찰단주라는 핵심 지위에 올랐고 종리구 역시 총관의 역할로서 그 영향력을 키워 나갔다.

심지어 뒤늦게 합류한 은영문의 살수들조차 상당한 대우를 받았지만 곽무성만은 끝까지 별다른 지위 없이 생사림의 무사부로서 머물러야 했다.

그런데 의외로 곽무성은 불만이 없었다.

다소간 과시욕이 있는 그의 성격상 이해할 수 없는 일이었지만 그건 장청의 안배가 있기에 가능한 일이었다.

장청은 장강일통이라는 큰 그림을 그리면서 대업을 이루고, 또 그 세력을 유지하기 위해선 단순히 수적질이 아닌 그에 걸맞은 자금줄이 있어야 한다는 생각을 지니고 있었다.

그 대비책이 종리구와 곽무성이었다.

지금은 와호채의 총관에 머물고 있으나 종리구는 황금장의 마지막 후손으로서 엄청난 상재(商材)를 지닌 인물이었다.

장청은 종리구를 장차 와호채가 비밀리에 만들 상단의 주인으로 낙점했으며 상단과 연계되는 표국의 우두머리로 곽무성을 내정했다.

애당초 유대웅과의 비무에 패해 와호채의 일원이 되기는 했지만 과거 운룡표국의 대표두로서 수적의 신분이 조금은 거북스러웠고 게다가 자신의 표국을 중원 최고의 표국으로 키워보고 싶은 나름의 열망도 있었던 곽무성은 장청의 제안에 흔쾌히 응했으며 자신의 위치에 대해 별다른 불만을 가지고 있지 않았다.

그랬던 곽무성이었으니 그와 미래의 꿈에 대해 많은 대화를 나누었던 장청의 슬픔은 다른 누구보다 클 수밖에 없었다.

"두고 보게, 군사. 내 천하제일의 표국을 만들어 보일 테니. 표국의 이름도 정했다네. 유운표국(流雲鏢局)일세. 자네의 호를 슬쩍했다고 웃지는 말게. 하하하!"

곽무성의 호탕한 웃음을 떠올리는 장청의 눈가에 뜨거운 눈물이 맺혔다.

장청은 누가 볼까 얼른 눈물을 닦고 무겁게 가라앉은 분위기 속에서도 자신이 해야 할 일을 시작했다.

"다들 진정하시지요. 일심맹과의 싸움은 끝이 났지만 이제 시작일 뿐입니다."

"포로들은 어찌 처리했어?"

유대웅이 힘 빠진 음성으로 물었다.

"일단 그들의 배에 구금해 두었습니다."

"혹 다른 마음을 품지는 않겠는가?"

장우기의 말에 장청이 고개를 흔들었다.

"그들을 이끌던 수장들이 이쪽에 있는 한 그럴 염려는 없습니다. 더불어 적호대가 감시하고 있으니 염려 놓으십시오."

"그나저나 우리 쪽 피해는 얼마나 되는 거야?"

유대웅의 질문에 좌중의 분위기가 착 가라앉았다.

승리라는 열매는 달콤했지만 그 열매를 맛보기 위해 들어
간 피해가 생각보다 너무 컸다.

이미 조사가 다 끝난 것인지 장청은 조금의 머뭇거림도 없
었다.

"가장 피해가 컸던 곳은 아시다시피 마황성의 지원군과 맞
붙었던 황호대입니다. 곽 사부님께서 목숨을 잃으셨고 신임
대주 또한 심각한 부상을 당했습니다."

"헛소리! 본좌는 멀쩡하다!"

말석에서 피가 묻은 안대를 차고 온몸을 붕대로 칭칭 감고
있던 호태악이 언성을 높였다.

순간, 장청의 안색이 차갑게 굳었다.

"나이는 어리나 본인은 와호채의 군사요. 공식석상에서 한
번만 더 막말을 하면 용서치 않겠소."

"뭐라?"

발끈하려던 호태악은 서슬 퍼런 장청의 눈빛과 주변 분위
기에 슬그머니 꼬리를 내리고 말았다.

"아, 알았다. 아니, 알았소."

그런 호태악을 보며 쓴웃음과 함께 고개를 설레설레 흔드
는 수뇌들.

장청은 그들의 반응과 상관없이 말을 이어갔다.

"목숨을 잃은 황호대원들의 수는 열아홉이고 부상자는 전
원이라고 해도 과언이 아닙니다."

열아홉이면 황호대 인원의 삼분지 일이었다.

예상은 했지만 너무도 큰 피해에 다들 한숨을 내쉬었다.

"선봉에서 싸운 백호대는……."

"여섯이 목숨을 잃었습니다. 부상은 스물 남짓 됩니다."

대신 대답하는 조건의 음성은 힘이 빠져 있었다.

"백호대의 활약은 들었다. 다들 수고했어."

유대웅의 격려에 조건이 살짝 고개를 숙여 답례했다.

"적호대와 흑호대, 호천단의 피해도 비슷한 상황입니다만 문제는 우리를 도와 싸움에 참여한 여러 수채들의 피해가 컸다는 것입니다. 가장 많은 피해를 본 삼두채(三斗寨)의 경우 채주와 수뇌들을 비롯하여 전력의 팔 할이 사라졌습니다."

삼두채가 그런 피해를 당한 것은 화포의 공격에 의한 것이었는데 주공이 아니라 단순한 지원군으로서의 역할이었던 그들로선 참으로 운이 없는 경우였다.

"비응채의 피해도 컸지만 초기 대응을 잘해서인지 삼두채와 같은 비극은 없었습니다."

"비응채의 활약이 대단했다고 들었습니다."

유대웅의 말에 양웅천이 걸걸한 음성으로 대답했다.

"죽을힘을 다해 싸웠습니다. 사실 그놈의 화포에 당하지만 않았어도 조금 더 날뛸 수 있었는데 아쉽습니다."

"하하하! 그 정도만으로도 충분합니다. 더구나 아드님이 큰 공을 세우지 않았습니까?"

유대웅의 시선이 양웅천 곁에 앉아 있는 양곽에게 향했다.

"양곽이라고 했던가?"

"예, 채주."

"네 덕분에 지휘선의 피해가 적었다. 그런데 대체 어떻게 그 배에 올라간 거냐? 듣기론 비응채가 화포에 큰 피해를 당한 것은 싸움 초반이었는데."

"그건……."

양곽은 별것 아니라는 듯 담담한 목소리로 자신이 포수들을 제거한 과정을 설명했다.

유대웅과 좌중의 사람들은 그가 적선에 매달린 채 물속과 물 위를 오르내리며 그때까지 버텼다는 것을 알게 된 후, 감탄에 감탄을 거듭했다.

"그런데 솔직히 깜짝 놀랐습니다. 난데없이 허공에서 채주님의 소리가 들려와서요."

양곽은 나무판자에 기대에 겨우 물 위에 떠 있던 자신의 몸을 발판으로 삼았던 유대웅의 모습을 떠올리며 멋쩍은 웃음을 지었다.

"네가 아니었으면 내 공격은 실패했을걸. 잘 버텨주었다. 나는 몰라도 군사는 그 공을 잊지 않을 거다."

자신의 말에 미간을 살짝 찌푸리는 장청에게 한쪽 눈을 감아 보인 유대웅이 좌중을 둘러보며 입을 열었다.

"어쨌거나 다들 고생 많았습니다. 우린 결국 일심맹이라는 큰 산을 넘었습니다. 비록 그 과정에서 많은 피를 흘렸지만 그들의 피야말로 장차 장강을 일통하는 데 가장 큰 밑거름이 될 것입니다. 아울러 그들의 희생을 결코……."

유대웅이 말끝을 흐렸다.

사람들이 의아한 눈으로 그를 쳐다보다 그의 시선을 따라 장청에게 향했다.

유대웅이 입을 여는 사이 운밀각의 수하로부터 뭔가를 전해 받은 장청의 안색은 딱딱하게 굳어 있었다.

"왜? 무슨 일 있어?"

잠시 호흡을 고른 장청이 중간쯤에 위치한 초로의 노인, 광명채주 단우경(段宇景)을 바라보며 대답했다.

"광… 명채가 습격을 당했다고 하는군요."

"그, 그게 무슨 말이오, 군사?"

단우경이 놀라 부르짖었다.

장청이 대답 대신 그에게 전해진 쪽지 하나를 유대웅에게 전했다.

광명채 무너짐. 적은 칠성채. 생존자는 포로로 끌려감. 따라붙겠음.

상황이 급했는지 쪽지의 글귀는 알아보기가 힘들 정도였다.

"아!!"

유대웅으로부터 쪽지의 내용을 전해 들은 단우경이 몸을 휘청이며 그 자리에 주저앉았다.

"칠성채면 저 밑에 있는 놈들 말하는 거잖아?"

유대웅이 물었다.

방금 전의 승리감은 어느새 사라졌고 그의 눈에선 분노의 불길이 뿜어져 나오고 있었다.

"예. 일심맹, 단심련과 더불어 장강을 삼분하고 있는 녹수맹 소속입니다."

"한데 녹수맹 놈들이 왜 우리를 공격한 것인가? 그동안 이런 일은 없었던 것으로 아는데."

장우기가 급히 물었다.

"과거에 없었지 앞으로도 없으리란 보장은 없었습니다."

약간은 추상적인 말에 장우기가 살짝 신경질을 냈다.

"뭔 소린가? 알아듣게 얘기해 보게."

"간단합니다."

장청이 장우기를 똑바로 응시했다.

"장로님께선 녹수맹을 두고 보실 생각이었습니까?"

"뭐?"

"장강을 일통하는 데 녹수맹은 분명 큰 장애물입니다. 와해를 시키든 무릎을 꿇리든 일심맹처럼 반드시 넘어야 할 산이라는 말이지요. 그렇지 않습니까, 채주님?"

"그렇지. 우리가 한두 번 얘기한 것도 아니잖아."

유대웅이 고개를 끄덕였다.

"그 반대의 경우도 생기는 겁니다. 녹수맹 또한 야망이 있을 것이며 준비가 되었다면 언제든지 이쪽을 공격할 수 있다는 것이지요."

"음."

장우기가 침음성을 내뱉을 때 유대웅이 물었다.

"한데 왜 지금이야? 여태까지 그런 낌새는 없었잖아."

갑자기 뒤통수를 맞아서 그런지 유대웅은 꽤나 화가 난 모습이었다.

"단심련과의 싸움이 끝났기 때문입니다."

"뭐? 단심련과의 싸움이 끝나? 철천지원수라며?"

녹수맹이 단심련과 끊임없이 항쟁을 하고 있었음을 알고 있던 유대웅이 깜짝 놀라 되물었다.

"예. 저도 최근에 전해 들은 소식입니다. 자세한 내용을 알수 없지만 화친을 맺었다고 하더군요."

"그럼 뭐야? 결국 단심련으로 향했던 칼을 본격적으로 이쪽으로 세웠다는 말이야?"

"단언할 수는 없습니다."

장청의 대답에 장우기가 콧방귀를 꼈다.

"흥, 좋은 기회라 여긴 것이겠지. 놈들도 귀가 있는 한 일심맹과 우리 와호채가 치열한 경쟁을 펼치고 있다는 소식을 전해 들었을 테니까."

"그래서……."

자우령이 입을 열자 좌중의 모든 이들이 입을 다물었다.

"군사는 어찌 대처할 생각이더냐?"

잠시 생각에 잠겼던 장청이 공손히 대답을 했다.

"지금 당장 저들과 대적할 수는 없습니다."

갑자기 주변이 소란스러워지는 것을 슬쩍 손을 들어 막은
자우령이 다시 물었다.

"어째서 그런 생각을 했지?"

장청은 생각할 것도 없다는 듯 대답했다.

"전력의 차가 너무 큽니다. 죽을 각오를 다해 싸운다면 어
찌어찌 버틸 수는 있을 겁니다. 채주님이나 태상장로님의 무
위를 감안하면 이길 수도 있겠지요. 하나, 그런 승리는 아무
런 의미도 없습니다. 이겼다 해도 남는 것이 아무것도 없을
테니까요. 장강일통의 꿈 역시 그대로 날아가 버릴 것입니
다."

"그렇지만 놈들이 이미 공격을 시작했잖아."

유대웅이 언성을 높였다.

"아직 본격적인 움직임은 감지되지 않았습니다. 아마도 이
번 공격은 이쪽의 대응이 어떤지 떠보기 위함이었을 겁니
다."

"그 말은 곧 놈들의 공격이 본격적으로 시작될 수도 있다

는 말도 되잖아."

"그렇게 되지 않도록 만들어야지요."

"방법이 있을까? 일심맹과 우리가 전력으로 싸웠다는 것까지 알려지면 힘으로 밀고 들어올 텐데."

"방법은 찾으면 되는 것입니다."

조급해하는 이들과는 달리 장청의 태도는 처음 쪽지를 접했을 때를 제외하고는 별다른 변함이 없었다.

바로 그때, 장청의 왼쪽 눈꼬리가 살짝 올라가 있다는 것을 알아차린 유대웅이 그의 등짝을 후려쳤다.

장청이 어떤 일에 확신이 있을 때 그런 버릇이 나온다는 것을 파악하고 있었던 것이다.

"애간장 태우지 말고 어서 대책이나 내놔봐."

말이 손이지 솥뚜껑만 한 것으로 등짝을 얻어맞은 장청은 오장육부까지 뒤흔드는 고통에 오만상을 찌푸리며 유대웅을 노려보다가 좌중의 시선을 의식하고는 두어 번 헛기침을 하며 평정을 되찾았다.

장청이 입을 열려는 찰나, 유대웅의 묵직한 음성이 들려왔다.

"그 무엇보다 우선은 놈들에게 잡혀간 이들을 구하는 것이다. 그걸 염두에 두고 말해."

"물론입니다. 그들 또한 우리의 식솔들인 것을요. 당연히 구출을 해야지요."

유대웅의 말에 광명채가 외면받는 것은 아닌지 조바심을 내고 있던 단우경이 감격에 찬 눈을 했다.

　"운밀각의 요원이 놈들을 추격하고 있으니 곧 연락이 올 것입니다. 추격은⋯ 채주님께서 직접 하셔야 할 겁니다."

　장청의 말에 유대웅이 다소 의외라는 표정을 지었다.

　평소 장청은 유대웅이 나서는 것을 그다지 좋아하지 않았다.

　와호채의 우두머리로서 가급적 권위를 지키기를 원했기에 어지간한 일에 대해선 수하들을 시키게 하였다. 물론 유대웅은 장청의 말을 무시하기 일쑤였지만.

　"다시 말씀드리지만 아직은 녹수맹과 일전을 벌일 여력이 없습니다. 놈들을 제압하고 광명채의 식솔들을 구출하되 최소한의 인원이 움직여야 하며 우리의 흔적을 결코 남겨선 안 됩니다."

　"그렇긴 하지만 어찌 되었든 놈들에게 문제가 생기면 우리를 의심할 텐데?"

　"의심하지 않도록 만들어야지요."

　간단히 대꾸한 장청이 사도초에게 시선을 돌렸다.

　"사도초."

　"예, 군사님."

　"네가 채주님을 따라가라."

　"예?"

무공을 아주 모르는 것은 아니지만 이런 일에 나설 정도는 아니었던 사도초가 발탁되자 다들 의문을 가졌다.

"채주께서 식솔들을 구출하는 사이, 너는 그곳과 가장 가까운 관부를 찾아가라. 무슨 수를 써서라도 관군을 움직여야 돼."

"관군을 동원해 칠성채 놈들을 일망타진하면 되는 것입니까?"

질문을 던지는 요지를 보면 사도초는 장청이 말하고자 하는 핵심을 파악한 것 같았다.

"그래. 우리가 개입했다는 것이 드러나지 않도록 마무리는 확실히 하고."

"알겠습니다."

사도초가 명을 받으며 예를 표하자 장청의 시선이 청석채(靑石寨) 채주에게 향했다.

"제가 알기로 장강의 물길에서 청석채가 지닌 배보다 빠른 것은 없는 것으로 압니다."

"예. 비록 규모가 작긴 해도 빠른 걸로 치면 으뜸이지요."

청석채주 엽평(葉枰)이 눈을 반짝이며 대답했다.

싸움에 참여하기는 했어도 별다른 활약을 보여주지 못했던 엽평은 공을 세울 좋은 기회를 잡았다 여기는 것 같았다.

"칠성채를 따라잡기 위해선 채주님의 도움이 필요할 것 같습니다."

"당연히 도와야지요."

"더불어 부탁드릴 것이 있습니다."

"무엇이든 말씀하십시오."

엽평이 가슴을 탕탕 치며 말했다.

"들으셨다시피 칠성채가 광명채를 공격한 것은 다분히 의도적인 것으로 보입니다. 녹수맹이 삼협으로 진출하기 위해 첨병을 보낸 것이지요. 반드시 저지해야 합니다."

엽평의 안색이 살짝 어두워졌다.

혹여 청석채를 앞세워 녹수맹에 대항할지도 모른다는 생각을 한 것이다.

"걱정하지 마십시오. 녹수맹과 부딪칠 일은 없으니까요. 대신."

엽평이 침을 꿀꺽 삼켰다.

다른 이들도 장청의 입에서 무슨 말이 나올까 귀를 기울였다.

"관과 연관된 배를 공격해 주십시오. 각종 물자를 실은 배부터 보급품까지 가릴 것 없습니다. 황제에게 가는 진상품이 걸리면 더욱 좋겠지요. 굳이 탈취할 필요까지는 없습니다. 그들로 하여금 그저 안전하지 않다는 인식만 심어주면 됩니다. 그렇다고 군선까지 공격하지는 마시고요."

장청이 마지막에 던진 농담을 농담처럼 들을 수 없었던 엽평은 뭐라 대꾸를 하지 못했다.

장청의 의도를 가장 먼저 깨달은 장우기가 무릎을 탁 쳤다.

"지난번 일심맹이 황제의 진상품을 털었을 때와 같은 효과를 노리는군. 다들 기억하지 않는가? 황제의 진상품을 건드렸다가 일심맹이 한동안 아무런 움직임도 없이 숨죽이고 있었던 때를. 군사는 관부를 이용해서 녹수맹의 움직임을 제어하겠다는 의도군."

"그렇습니다. 녹수맹이 아무리 삼협을 손에 넣고 싶다 하더라도 군선이 설쳐 대면 움직임은 극히 제한될 수밖에 없으니까요. 당분간은 아무런 행동도 하지 못할 것입니다. 그사이 우리는 삼협의 물길을 안정시켜야 합니다."

"안정시키다니?"

유대웅이 고개를 갸웃거리며 물었다.

"일심맹의 전력을 제대로 흡수해야 한다는 말입니다. 정리할 것은 깨끗하게 정리를 하고요. 최대한 끌기는 하겠지만 녹수맹의 움직임을 감안하면 시간이 그리 많지는 않을 겁니다."

"음."

유대웅이 묵묵히 고개를 끄덕였다.

"이제 채주께서 해주셔야 하는 일이 얼마나 중요한 일인지 아시겠습니까?"

장청의 물음에 엽평이 벌떡 일어나 대답했다.

"맡겨주십시오. 치고 빠지는 것만큼은 자신있으니."

"부탁드리겠습니다. 참고로 청석채가 활동할 곳은 삼협이 아니라 삼협에서 조금 더 남쪽으로 이동한 곳이었으면 좋겠습니다. 이 또한 우리와 연관된 흔적을 남겨서는 안 되는지라."

"알겠습니다. 염려 놓으십시오."

엽평이 흔쾌히 고개를 끄덕였다.

"자, 그럼 움직여 봅시다."

유대웅이 자리에서 일어나 걸음을 내딛자 이석이 곧바로 따라붙었고 이미 밖에는 이석의 연락을 받은 다섯 명의 호천단원이 대기하고 있었다.

"기왕이면 본좌도……."

눈치없는 호태악이 따라붙으려고 하자 유대웅이 그의 머리를 잡아 눌렀다.

"시끄럽고, 몸이나 추슬러. 앞으로 두고두고 써먹어줄 테니까."

호태악의 일그러지는 얼굴을 외면하고 걸어가던 유대웅이 슬쩍 몸을 돌렸다.

"어쨌든 잘해줬어, 황호대주."

엽평의 장담대로 청석채의 배는 빨랐다.

노도 그다지 많지 않았고 돛대도 그리 크지 않았음에도 마치 물 찬 제비처럼 강물을 가르고 나아갔다.

"후~ 흑선도 빠르다고 하지만 비할 바가 아니네."

"제가 말씀드리지 않았습니까? 장강의 물길에서 최고라고."

엽평이 가슴을 쫙 펴며 말했다.

"빠르긴 빠르군요. 자랑할 만합니다."

유대웅의 칭찬에 엽평은 물론이고 귀를 쫑긋거리고 있던 청석채의 수적들의 입가에 미소가 지어졌다.

그때, 선미에 있던 사도초가 유대웅에게 달려왔다.

"채주님."

"연락이 왔군."

"예, 방금 전서구가 도착했습니다."

"어디라고 그래?"

"형주라고 합니다."

"형주? 칠성채가 형주에 있었나?"

유대웅이 고개를 갸웃거리자 엽평이 얼른 대답했다.

"아닙니다. 칠성채는 그보다 한참 아래쪽에 있습니다."

"한데 어째서 형주로 갔을까요?"

"아마도 노예시장에 들르려고 하는 것 같습니다."

순간, 유대웅은 코 위를 덮고 있는 호피무늬 가면이 벗겨질 정도로 격노했다.

"지금 노예시장이라고 했습니까!"

"예. 확실한 것은 아니지만 그것이 아니라면 놈들이 형주에 머무를 이유가 없습니다."

엽평은 확 바뀐 유대웅의 기세에 눌려 조심스러워하는 기색이 역력했다.

"형주에 사람을 사고 파는 시장이 있단 말입니까?"

"그렇습니다."

"관에서 그걸 용인한다는 말입니까?"

"공식적으로야 용인하겠습니까? 하지만 비공식적으론 별다른 제재를 가하지 않습니다. 항간엔 관부에서 노예시장을 운영한다는 소문이 돌 정도니까요."

"쓰레기 같은 놈들!"

자신도 모르게 화가 치민 유대웅이 욕설을 내뱉었다.

"엽 채주."

"예, 채주님."

"형주까지 얼마나 걸릴 것 같습니까?"

"최대한 빨리 움직인다 해도 초저녁은 지나야 할 것 같습니다."

"초저녁이면 너무 늦는 것이 아닙니까?"

행여나 광명채의 식솔들을 찾지 못할까 유대웅은 초조했다.

"노예시장이 활성화되어 있기는 하나 그래도 사람들의 시선이 있는지라 대낮에 열리지는 않습니다. 늦지는 않을 것입니다."

엽평이 달렸지만 유대웅의 불편한 마음은 가시지 않았다.

"사도초."

"예, 채주."

"지금 몇 명이서 놈들의 뒤를 쫓고 있지?"

"총 세 명입니다."

"무위는?"

"다들 저보다는 뛰어나지만 그다지……."

사도초가 말끝을 흐렸다.

"그럴 일은 없겠지만 우리가 도착하기 전에 놈들이 움직인다면 무슨 수를 써서라도 지연시키라고 해. 그리고 단 한순간도 놈들의 행적을 놓쳐서도 안 되고."

"알겠습니다."

첩자로서의 능력이 극대화된 운밀각의 대원들로서는 무공이 역부족이라는 것을 알면서도 사도초는 다른 말을 할 수가 없었다.

*   *   *

형주 변두리의 한 객잔.

일심맹과의 싸움으로 거의 빈집이나 다름없었던 광명채를 초토화시키고 정확히 삼십 명의 포로들을 끌고 형주에 도착한 칠성채 수적들은 객잔 하나를 통째로 빌려 거나하게 잔치를 벌이고 있었다.

포로들은 아이 어른 가릴 것 없이 생선처럼 묶여 마구간에서 흐느끼고 있었는데 다들 죽음의 공포에 시달려서 그런지 단 하루 만에 몰골들이 말이 아니었다.

"커흠."

거만한 헛기침과 함께 칠성채주 남천상이 이층에서 바지춤을 치켜 올리며 내려왔다.

붉게 상기된 얼굴, 번들거리는 땀이 어딘지 모르게 이상했는데 수하들은 그 모습을 보며 묘한 웃음을 지었다.

"만족하셨습니까, 채주님?"

서풍이 술을 권하며 물었다.

"크크크, 내가 이래서 네 녀석을 좋아해. 눈썰미가 아주 좋아."

"만족하셨다니 다행입니다."

흡족해하는 남천상을 보며 서풍은 내심 안도의 한숨을 내쉬었다. 만약 들여보낸 계집이 마음에 들지 않았다면 뒷감당을 하느라 꽤나 고생을 해야 했기 때문이었다.

"그런데 화(華)가 놈하고는 연락이 된 거야?"

"예, 채주님."

"그 쥐새끼가 뭐래?"

"예외는 있을 수 없다고 합니다. 장이 열릴 때까지 기다리라고……."

서풍이 눈치를 보며 말끝을 흐렸다.

아니나 다를까, 남천상이 불같이 화를 냈다.

"이런 개쓰레기 같은 놈이! 우리하고 하루 이틀 거래하는 것도 아니면서 날 무시해? 지난번 교(僑)가 놈하고는 이 시간에도 거래를 한 것으로 아는데!"

"그때는 맹주님의 명령이 있었던 것으로 압니다."

"아무튼! 거래를 하기는 했잖아."

남천상은 맹주의 명을 떠나 경쟁관계에 있는 풍림당(風林堂) 당주 교잠(僑岑)이 한 일을 자신은 하지 못한다는 것에 무척이나 분개해했다.

"그럼 나와는 언제 거래를 하겠다고 하는 건데?"

"해시(亥時:밤9시-11시)경에 사람을 보낸다고 했습니다."

해시면 앞으로도 반나절은 더 기다려야 했다.

"망할 놈!"

남천상은 형주에서 가장 유명한 노예상의 얼굴을 떠올리며 이를 부득 갈았다.

*   *   *

유대웅 일행이 형주 외곽, 갈대숲이 우거진 강변에 도착한 것은 해가 완전히 떨어진 술시(戌時:저녁 7시-9시)경이었다.

"확실해?"

"예, 확실합니다. 곧 채주님을 안내하러 요원 한 명이 올 것입니다."

사도초의 말이 끝나기가 무섭게 억새풀을 헤치며 한 사내가 모습을 드러냈다.

너무도 평범한 복장에 평범한 얼굴.

낚시도구를 짊어진 사내는 근처 어디에서나 흔히 볼 수 있는 얼굴이었다.

"왔습니다."

그와 안면이 있던 사도초가 반색을 하며 말했다.

사도초를 발견한 사내 역시 입가에 미소를 짓다 유대웅을 보고는 황급히 무릎을 꿇었다.

"채주님을 뵙습니다."

유대웅이 사도초에게 고개를 돌렸다.

"비각(飛脚)이라 불리는 요원입니다."

"그러고 보니 기억이 나는군. 생사곡에서 본 적이 있는 것 같은데?"

"그렇습니다."

비각이 고개를 살짝 들며 대답했다.

"반갑다. 그래, 놈들은 지금 어디에 있지?"

"이십 리 정도 떨어진 객점에 있습니다."

"포로들도 함께?"

"예."

"그들의 상대는 어때? 다치거나 그사이 목숨을 잃은 자들은 없고?"

"다행히 큰 부상은 없어 보입니다. 몸이 상하면 아무래도 상품가치가 떨어지는지라 놈들도 나름 조심히 다루는 것 같았습니다."

"상품이라니! 말조심해."

유대웅의 입꼬리가 확 치켜 올라가는 것을 확인한 사도초가 비각의 옆구리를 쿡 찔렀다.

"죄, 죄송합니다."

유대웅은 비각의 말실수를 문제 삼지 않았다.

"무사한 걸 알았으니 됐다. 엽 채주."

"예, 채주님."

"포로들을 구출해 오겠습니다. 이곳에서 그때까지 기다려 주십시오."

"저희도 돕겠습니다."

"괜찮습니다. 많은 인원이 움직여 봤자 정체만 노출되기 십상입니다. 아시잖습니까? 비밀 유지를 위해 소수만 움직인 것을."

"알겠습니다."

이번 작전을 위해 정예들을 미리 선발해 놓은 엽평이 아쉽다는 듯 대답했다.

"너도 움직일 때가 된 것 같다."

유대웅이 사도초에게 말했다.

"예."

"임무가 아무리 중요해도 너무 무리하지는 마라. 군사가 하도 엄살을 떨어서 그렇지 나나 와호채가 그리 약하지는 않으니까."

"너무 걱정하지 마십시오. 든든한 우군이 저를 지키고 있으니까요."

사도초가 싱긋 웃으며 한 발 물러서 있는 사내를 바라봤다.

과거 은영문의 살수였다가 마독을 따라 와호채로 투신한 그는 은영문에서도 손꼽히는 실력자였다.

"그럼 무운을 빌지. 우리도 가자."

가볍게 손인사를 한 유대웅이 몸을 돌리자 그때까지 무릎을 꿇고 있던 비각이 벌떡 일어나 앞장을 섰다.

이석과 호천단이 그림자처럼 그의 뒤를 따라붙었고 엽평과 사도초는 유대웅의 모습이 사라질 때까지 허리를 꺾어 예를 표했다.

"늦는군. 아직 연락이 없나?"

유대웅이 객점을 응시한 채로 물었다.

"예. 아직 소식이 없습니다."

별다른 감정이 드러나지 않는 유대웅과는 달리 비각은 초조감을 감추지 못하고 연신 땀을 훔치고 있었다.

"더 이상 지체할 시간이 없는 것 같은데."

유대웅이 서서히 이동 준비를 하는 칠성채의 수적들을 가리키며 말했다.

내내 벌어졌던 술판은 끝난 지 오래고 술에 취했던 수적들 또한 다들 술이 깬 모습이었다.

마구간에 가두어두었던 포로들을 일으켜 세우는 것을 보니 곧 노예시장으로 움직일 것 같았다.

"하, 하지만 아직 연락이 없습니다. 이대로 저들을 처리했다간……."

"녹수맹이 우리를 의심한다고? 상관없어. 저들을 노예시장에 내모는 것보다는 나으니까."

천천히 몸을 일으킨 유대웅이 얼굴에 쓰고 있던 가면을 벗었다.

그건 곧 그의 얼굴을 본 모든 이들을 제거하겠다는 결심이나 다름없었다.

"한 놈도 놓쳐서는 안 될 것이다."

"예."

대답을 한 이석이 수하들에게 눈짓을 했다.

다섯 명의 호천단원들이 크게 객점을 포위하는 것을 확인한 유대웅이 비각에게 말했다.

"객기 부리지 말고 넌 여기 그대로 있어. 이거나 가지고."

비각에게 호피무늬 가면을 맡긴 유대웅이 출발 준비로 분주한 객점을 향해 움직였다.

"제대로 묶였는지 확인 잘해. 지난번처럼 중간에 도주하는 놈들이 있으면 모가지를 날려 버릴 테니까."

포로들을 단속하고 있던 수하들을 향해 소리를 지른 서풍은 여전히 불이 꺼져 있는 이층 객실창을 바라보며 짜증을 냈다.

"해시가 코앞인데 뭐하고 있는 거야?"

해가 떨어지기 직전, 두 명의 계집을 옆구리에 끼고 사라진 남천상은 노예 상인과 약속된 시간이 다 되었음에도 좀처럼 모습을 드러내지 않았다.

그렇다고 객실문을 두드렸다간 무슨 치도곤을 당할지 몰랐기에 마냥 기다릴 수밖에 없었다.

문제는 그로 인해 시간이 지체되면 그 책임 또한 수하들이 진다는 것.

"젠장, 젠장."

서풍이 객점 앞에서 좌우로 왔다 갔다 하며 안절부절못하고 있을 때, 사곡이 그 모양을 한심하게 쳐다보며 비웃음을 흘렸다.

"병신 육갑을 떨어요."

사곡이 들고 있던 술병을 바닥에 던지며 소리쳤다.

"언제까지 꽁지에 불난 쥐새끼처럼 왔다 갔다 할 거냐?"

서풍의 움직임이 그대로 멈췄다.

"쥐새끼? 그거 지금 나보고 한 소리냐?"

"아니면? 주위를 봐라. 네놈 말고 누가 그런 꼴을 하고 있나."

"뚫린 입이라고 아무 말이나 지껄이지 마라. 잘못하면 뒈지는 수가 있어."

서풍이 살기를 드리우며 말했다.

"뒈져? 누가? 내가?"

사곡이 낄낄거리며 웃었다.

"네놈 실력으론 천 년이 지나도 어림없다. 또 모르지. 채주한테 하듯 내게도 아양을 떨면 거기에 혹해 당해줄지."

"너!"

더 이상 참지 못한 서풍이 칼을 빼 들고 사곡을 향해 걸어 갔다.

둘 사이에 금방이라도 피바람이 불 것 같은 긴장감이 맴돌 았다.

한데 이상한 것은 칠성채의 수적들이었다.

칠성채를 떠받치는 양대 기둥이라 할 수 있는 서풍과 사곡이 칼부림을 하려 함에도 아무도 나서서 그들을 말리지 않았다.

아예 관심조차 없어하는 이가 대부분이었는데 그들의 반응을 보건대 둘의 다툼이 하루 이틀이 아닌 것 같았다.

금방이라도 잡아먹을 것 같았던 서풍과 사곡의 대치 상태는 남천상이 등장하면서 허망하게 끝을 맺었다.

"지랄들 한다."

모습을 드러내기가 무섭게 둘에게 욕설을 내뱉은 남천상은 이층으로 끌고 갔던 두 여인을 바닥에 패대기치며 소리쳤다.

"빨리 준비하지 못해! 늦었잖아! 만약 약속 시간에 늦게 되면 두 놈 다 뒈질……."

남천상의 말이 뚝 끊겼다.

"누구냐?"

남천상이 싸늘히 식은 눈빛으로 어둠을 응시하며 물었다.

객잔에 있던 모든 수적들의 시선이 한쪽으로 쏠렸다.

하나, 그들은 아무도 발견하지 못했다.

사곡이 턱짓을 하자 수적 넷이 남천상의 시선이 머무는 곳으로 접근을 시도했다.

낮에 흥청망청 술판을 벌였던 모습과는 다르게 그들의 몸에선 꽤나 날카로운 기세가 흘러나오고 있었다.

"컥!"

가장 앞장서서 걸음을 옮기던 수적의 입에서 짧은 비명이 흘러나왔다.

이어 세 명의 수적들 또한 저마다 비명을 내뱉으며 그대로 고꾸라졌다.

남천상의 눈빛이 한층 매서워졌다.

어디에 내놔도 떨어지지 않는다고 자부하던 칠성채의 정예 넷이 미처 무기를 휘두르기도 전에 당했다는 것은 상대의 실력이 그만큼 뛰어나다는 것을 의미하는 것이기 때문이었다.

"언제까지 어둠에 숨어 있을 거냐? 내게 용건이 있으면 모습을 드러내라."

저벅. 저벅. 저벅.

규칙적인 발자국 소리가 들리고 유대웅이 어둠 속에서 모습을 드러냈다.

초천검을 아직 뽑지 않은 것을 보면 방금 전에 수적 넷을 쓰러뜨린 것은 그가 아니라 뒤따르고 있는 이석의 솜씨인 듯했다.

"누구냐, 네놈은?"

남천상은 유대웅의 거구를 올려다보며 한층 경계하는 모습을 보였다.

유대웅은 아무런 대답도 없이 포로들을 바라보았다.

하나같이 공포와 피로에 찌든 모습으로 엮여 있는 그들을 보고 있노라니 절로 살심이 일었다.

무엇보다 유대웅을 분노케 한 것은 남천상이 방금 전 이층에서 데리고 나온, 실오라기 하나도 걸치지 못하고 포로들 옆에 패대기쳐진 두 여인과 그런 여인을 보며 울고 있는 어린아

이들의 모습이었다.

"이석."

"예."

이석이 한 걸음 앞으로 나오며 대답했다.

"아무도 다쳐선 안 돼. 목숨 걸고 보호해."

이석에게 있어 그 어떤 일보다 선행되는 것이 유대웅을 보호하는 것이었다.

하나, 그는 유대웅의 명에 감히 토를 달지 못했다.

그만큼 유대웅의 전신에서 뿜어져 나오는 살기는 무시무시했다.

"너, 귓구멍이 막혔냐? 채주가 누구냐고 묻잖아."

사곡이 유대웅에게로 걸음을 떼며 물었다.

걸음을 옮겼다 싶은 순간, 어느새 그의 신형은 유대웅의 코앞까지 육박하고 있었다.

사곡의 입가에 비릿한 미소가 지어졌다.

유대웅의 기세에 다소 경계를 했지만 역시 덩치뿐이라는 생각을 한 것이다.

그 웃음이 사라진 것은 그의 칼이 유대웅의 가슴팍을 막 찌르기 전, 아무런 대처도 하지 못한다고 여긴 유대웅이 초천검을 움직이는 걸 본 순간이었다.

꽝!

마치 폭음이 터지는 듯한 소리가 들리면서 유대웅을 공격했던 사곡이 삼 장이나 날아가 처박혔다.

땅에 떨어지고도 무려 열 바퀴나 바닥을 구른 다음에야 겨우 몸을 일으킨 사곡이 산산조각난 자신의 칼을 보며 믿을 수 없다는 표정을 지었다.

"무, 무슨 놈의 힘이……."

치명상을 당한 것 같지는 않았지만 그 한 수로 사곡은 유대웅의 강함을 직감했다.

"내가 누구냐고 물었던가?"

유대웅이 초천검을 남천상에게 겨누며 말했다.

칠성채는 물론이고 포로들까지 그에게 집중했다.

"와호채의 채주. 그게 바로 나다."

『장강삼협』 4권에 계속…

신필천하 神筆天下

눈매 新무협 판타지 소설

글을 적는 것으로 진의(眞意)를 깨우치는 기재(奇才),
일필득도(一筆得道)의 능력을 가진 양진양!
글자 하나에서도 철학을 읽고, 한 줄의 글귀에도 의지와 정을 담아낸다.

글씨는 마음을 그리는 것이요, 글은 사람을 귀하게 하는 법.

공력은 글씨 안에 있으나,
흘러가는 필획에서 깨달음과 내공을 얻고,
견실한 붓놀림 속에서 천하 무공이 탄생하리라!

기존의 무협은 잊어라!
하얀 종이 위에 써 내려가는 신필천하의 신화가 시작된다!

김현석 현대 판타지 소설
전능의 팔찌
THE OMNIPOTENT BRACELET
「신화창조」의 작가 김현석이 그려내는
새로운 판타지 세상이 현대에 도래한다!
삼류대학 수학과 출신, 김현수
낙하산을 타고 국내 굴지의 대기업 천지건설(주)에 입사하다!
상사의 등살에 못 견뎌 떠난 산행에서, 대마법사 멀린과의 인연이 이어지고……
어떻게 잡은 직장인데 그만둘 수 있으랴!!
전능의 팔찌가 현수를 승승장구의 길로 이끈다!
통쾌함과 즐거움을 버무린 색다른 재미!
지.구. 유.일.의 마법사 김현수의 성공신화 창조기!
Book Publishing CHUNGEORAM
WWW.chungeoram.com